Marcel Althaus

Try Hard!

Das Buch

Eigentlich hatte Marcel Althaus in seinem jungen Leben alles erreicht, was sich viele wünschen. Er verdiente viel Geld, hatte einen Traumjob und lebte mit seinem besten Freund zusammen in einer coolen, deutschen Großstadt. Doch eines wollte sich nicht einstellen: das Gefühl, wirklich glücklich zu sein. Es wird der Auftakt zu einer Reise zu sich selbst, an deren Ende er Antworten auf die wichtigsten Fragen gefunden hat: Lohnt es sich, Geld gegen Glück zu tauschen? Wie wichtig ist Erfolg? Wie überstehe ich Rückschläge und schlimme Down-Phasen? Und wie finde ich meinen Traumberuf? Es sind Fragen, die man sich gar nicht früh genug im Leben stellen kann. *Try Hard!* ist der Wegweiser für die junge Generation – und darüber hinaus.

Der Autor

Marcel Althaus, Jahrgang 1993, aufgewachsen in Hameln, ist einer der beliebtesten YouTuber Deutschlands. Mit seinen Videos im Bereich Gaming, Lifestyle und Entertainment begeistert er auf seinen drei Kanälen mehr als 1,5 Millionen Abonnenten.

MARCEL ALTHAUS

TRY HARD!

GENERATION YOUTUBE – WARUM DEIN GLÜCK KEIN ZUFALL IST

Plötz & Betzholz Verlag

Besuchen Sie uns im Internet:
www.ploetz-betzholz.de

MIX
Papier aus verantwortungsvollen Quellen
FSC® C083411

Originalausgabe im Plötz & Betzholz Verlag
1. Auflage Mai 2017

Das Werk wurde vermittelt von Studio71 GmbH
Umschlaggestaltung: zero-media.net, München
Titelabbildung: © privat
Layout: Kristin Blöcker
Satz: LVD GmbH, Berlin
Gesetzt aus der Linguistics Pro und der Fyodor
Druck und Bindearbeiten: CPI books GmbH, Leck
ISBN 978-3-96017-006-8

LIEBE LESERIN, LIEBER LESER,

wenn du mich bereits kennst, weißt du, dass ich dich jetzt normalerweise mit einem fetten »Was geht, YouTube?« begrüßen würde. Normalerweise. Denn dies ist nicht YouTube, dies ist nicht mein Kanal und genau genommen bin ich hier auch nicht MarcelScorpion, sondern Marcel Althaus. Falls du mich noch nicht kennen solltest: Mach dir keine Sorgen. Du wirst dieses Buch genauso gut »verstehen«. Auch dich heiße ich herzlich willkommen und ich freue mich, dass du mich auf dieser Reise begleiten wirst: Ich möchte dir zeigen, warum es kein Zufall ist, wenn jemand glücklich durchs Leben geht. Was bedeutet mein Lebensmotto »Try Hard«? Und warum bilde ich mir überhaupt ein, dir zu diesem Thema etwas erzählen zu können – immerhin bin ich doch »nur« ein 23-jähriger YouTuber? Ich werde in diesem Buch sehr offen mit dir sein. Ich mache kein Geheimnis daraus, dass ich noch nie ein Buch geschrieben habe. Deshalb liegen hier auch keine achthundert Seiten Fließtext vor dir, sondern das Buch, das ich mir selbst als Teenager oder 20-Jähriger gewünscht hätte.

Ich möchte dir meine Sicht auf das Leben zeigen, die teilweise sehr weit neben dem liegt, was uns unsere Eltern und Lehrer beigebracht haben. Ich finde es faszinierend, dass es aber genau diese Ansichten und Perspektiven waren, die mich zum »Erfolg« geführt haben. Warum man diese Dinge an keiner Schule unterrichtet, finde ich im 21. Jahrhundert, in dem die Menschen ja so einzigartig und frei sein sollen, sehr merkwürdig. Deshalb habe ich mir gedacht: »Komm,

Marcel, dann leistest du deinen kleinen Beitrag!« Nein, ich bin nicht größenwahnsinnig geworden und ich habe auch nicht den Anspruch zu behaupten, dass du nach der Lektüre dieses Buches sofort glücklich durch die Straßen hüpfst. Ich habe auch nicht vor, dich zu belehren oder zu beeinflussen. Mein Wunsch ist es vielmehr, dass du viele neue Denkanstöße und positive Gedanken mitnimmst. Ich möchte, dass du irgendwann in ein paar Jahren an diese zurückdenkst und sie etwas Gutes in deinem Leben bewirkt haben. Und wenn es am Ende nur einige wenige Gedanken sind, die du mitnimmst, ich dich dafür aber gut unterhalten habe, dann habe ich meine Mission erfüllt.

Auf YouTube ist der Kontakt zwischen Creator (ich habe diesen Begriff nie gemocht) und Zuschauer extrem direkt. Man wird als YouTuber ständig und unmittelbar mit Fehlern oder Unzulänglichkeiten konfrontiert. Ich finde es sehr spannend, dass ich hier etwas machen kann, ohne Angst haben zu müssen, einen »Hate Comment« (die stärkste Waffe eines jeden YouTube-Users) zu kassieren. In meinen Augen ist ein Buch aber nicht weniger direkt, im Gegenteil. Ich habe die Chance, dir Dinge aus meinem Herzen mitzuteilen, über die ich länger nachdenken kann. Und das werde ich auch tun. Es fühlt sich sehr frei an. Das motiviert mich extrem.

Der YouTube-Standard-Hater hätte an dieser Stelle bereits zwei Dinge loszuwerden. Erstens würde er mir vorwerfen, dieses Buch nur aus Geldgier zu verfassen, und zweitens könne es doch gar nicht sein, dass ich in meinem Alter etwas zu sagen hätte, was den Rahmen eines Videos übersteigen würde. Beides kann ich so beantworten: Auf YouTube und Social Media gibt es deutlich einfachere und bessere Wege, viel Geld zu verdienen. Ein Buch übersteigt den Arbeitsaufwand einfacher Promo-Deals um Längen. Außerdem gibt es keinen Ort, um sich einfacher selbst darzustellen, als das Internet. Somit schreibe ich das Buch, um euch etwas mitzuteilen und in erster Linie zu unterhalten. Vielleicht werden diese Unterstellungen auch in irgendeiner Buchkritik zu finden sein, die aufgrund meiner Herkunft »Internet« wahrscheinlich schon fertiggestellt war, bevor deren Autor dieses Buch überhaupt gelesen hat.

Vor dir liegt nicht die Autobiografie eines 23-jährigen Internetpromis, weil ich finde, dass man so etwas erst schreiben sollte, wenn man wirklich was bewegt hat. Ich liebe zum Beispiel das Buch »Herbstblond«, in dem Thomas Gottschalk von seinem Leben berichtet. Der Typ hatte zu seiner Höchstzeit einfach zwanzig Millionen Live-Zuschauer. Ich bin meilenweit (vielleicht sind es sogar einige Lichtjahre) davon entfernt, auf solch eine Karriere zurückzublicken. Was ich dir in diesem Buch allerdings zeigen möchte, ist die krasse Veränderung, die mich wie ein Blitz getroffen hat. Von einem Typen mit Durchschnittsleben, der aus dem Nichts auf einer Bühne vor Tausenden Leuten steht und Millionen auf YouTube unterhält. Vor allem will ich dir erzählen, was das mit einem macht im Kopf. Denn erst seit ich dieses »neue« Leben führe, sind mir die wahren und wichtigsten Dinge wieder so klar geworden. Alles, was du hier lesen wirst, ist meine eigene Sicht auf alles. Ich will diese Reise mit dir zusammen antreten und nicht wie ein Ratgeber von oben auf dich herabschauen. Mein Ziel ist es, dir *meine* Denkweisen mit *meinen* Argumenten näherzubringen. Nicht mehr und nicht weniger.

Den Titel »Try Hard« habe ich deswegen gewählt, weil er alles auszeichnet, was mich an diesen Punkt gebracht hat. Damit ist gemeint, wie ich aus einem motivationslosen Menschen zu einer Person wurde, die ihr Leben selbst in die Hand nimmt. Erfolg ist nämlich nicht an irgendwelchen Zahlen abzulesen – sondern an *Gefühlen*. Wie schon gesagt, kann ich dir nicht versprechen, dass du nach dem Lesen dieses Buches auf die Straße gehst und jedem ins Gesicht brüllst, wie sehr es dich verändert hat. Trotzdem versichere ich dir, dass die zehn »Lektionen«, die ich in den letzten Jahren gelernt habe, mein Leben extrem ins Positive verändert haben. Dabei befinde ich mich, genau wie du, immer noch auf dem Weg. Deshalb ist es mir so wichtig, dir immer zu erklären, was für Dinge in meinem Leben passiert sind, die mich gezwungen haben, anders zu denken. Der einzige Unterschied zwischen dir und mir ist einfach, dass ich diese Zeilen schreibe und du sie liest. Trotzdem haben wir, so wie alle Menschen, ein großes, gemeinsames Ziel: ein geiles Leben führen. Natürlich kann ein geiles und erfolgreiches Leben für jeden unterschiedlich aussehen. Für mich ist jemand erfolgreich, der glücklich ist. Jeder Mensch, den du bisher getroffen hast, ist auf der Suche danach. Die Methoden sind unterschiedlich, das gewünschte Ergebnis ist gleich. Glück ist das höchste Ziel, das man erreichen kann. Und dafür »try harde ich«, sozusagen. Das ist *mein* Weg zum Glück – und vielleicht wird es auch deiner.

WIE UND WARUM ICH DIESE ZEHN LEKTIONEN GELERNT HABE

Bevor wir mit den zehn Lektionen starten, möchte ich dir erzählen, wie ich auf sie gekommen bin und warum. Ich möchte dir in diesem Kapitel zeigen, wie ich zu dem Menschen geworden bin, der diesen Text gerade in seine Tastatur tippt. Falls in deinem bisherigen Leben auch nicht immer alles glatt gelaufen ist, wirst du sehen, dass das bei mir ebenfalls nicht der Fall war, sogar im Gegenteil. Hätte es in meinem Leben keine absoluten Downphasen gegeben, wäre ich niemals auf die Idee gekommen, anders zu denken. Dafür muss ich allerdings sehr weit zurückgehen – nämlich genau zehn Jahre.

Wenn ich auf mich selbst als 13-Jährigen zurückblicke, schäme ich mich schon fast, wobei man das in meinen Augen nicht tun sollte, weil man die Vergangenheit nicht mehr ändern kann, aber dazu in späteren Kapiteln mehr. Ich bin dieser Zeit sogar extrem dankbar, weil man sinnbildlich eben jede Stufe einer Treppe nehmen muss, um an sein Ziel zu gelangen, auch wenn sie manchmal sehr holprig ist.

Wenn du mich heute auf meinem YouTube-Kanal siehst, wirst du mir kaum glauben können, wie extrem unselbstständig, faul und wenig selbstbewusst ich war. Ich greife dieses Kapitel meines Lebens auf, um meine Veränderung noch besser darstellen zu können, damit du verstehst, was für eine 180-Grad-Drehung ich durchgemacht habe. Damals waren meine Eltern gerade seit zwei Jahren getrennt und ich war mir bis vor einigen Jahren sicher, dass mir das nie etwas ausgemacht hat. Heute würde ich sagen, dass es schon Auswirkungen auf mich hatte. Sowohl positive als auch negative. Einige Tage vor meinem elften Geburtstag kam ich nach einem Fußballspiel nach Hause und bekam auf eine sehr harte und direkte Weise die bevorstehende Trennung mitgeteilt. Einerseits hat das mein Vertrauen in Beziehungen und Liebe anscheinend so hart geschwächt, dass ich einige Vertrauensprobleme in dieser Hinsicht mitgenommen habe. Andererseits war es eine Chance für mich.

In meinen Augen hat die Scheidung meiner Eltern mir unglaublich dabei geholfen, das Verhältnis zu ihnen zu verbessern. Ich war gewissermaßen freier danach.

Freiheit war für mich als 13-Jährigen jedoch etwas, das ich dazu nutzte, um unglaublich faul zu sein. In der Schule hatte ich keine Power und Lust, gute Noten zu schreiben. Das geht natürlich vielen in diesem Alter so. Falls du dich noch in diesem Alter befindest, kannst du das sicher nachvollziehen. Solltest du schon älter sein, erinnerst du dich bestimmt daran. Was mich aber besonders machte, war die Tatsache, dass ich auch außerhalb der Schule nichts zustande brachte! Andere Gleichaltrige hatten wenigstens eine Freundin oder Wochenenden mit Partys und vielen Freunden. Meine Freunde zu dieser Zeit konnte ich an einer Hand abzählen. Ich war zu dieser Zeit ein Einzelgänger und kannte es kaum anders, als mich alleine zu Hause zu beschäftigen. Die wenigen Freunde, die ich hatte, schätzten mich dennoch sehr und mit steigendem Alter wuchs auch der Kontakt zu ihnen deutlich. In dieser Zeit hat sich zum Beispiel mein Humor entwickelt, der sich danach nie wieder verändert hat: Er ist sehr schwarz und voller verbotener Dinge. Um mich zum Lachen zu bringen, muss man schon sehr extrem sein, aber das ist ein anderes Thema, haha.

Obwohl ich zu der Zeit damals sehr übergewichtig war, habe ich es dennoch geschafft, nie gemobbt zu werden. Ich sage das offen und ehrlich, weil ich mir keine »Ich wurde ja so schlecht behandelt«-Storys ausdenken möchte, um Mitleid zu erregen. Trotzdem habe ich daraus krasse Selbstzweifel mitgenommen, die ich teilweise noch immer heftig spüre. Den einen oder anderen Spruch seiner Mitmenschen hat man, speziell in diesem Alter, halt trotzdem kassiert. Obwohl ich sehr viel abgenommen habe und vor allem gewachsen bin, sehe ich heute manchmal immer noch diesen dicken Marcel im Spiegel und werde unzufrieden.

Zwischen dreizehn und fünfzehn Jahren hat mich mein damaliges Aussehen wirklich mitgenommen, weil das in meinen Augen eine sehr oberflächliche Phase ist. Es geht im Klassenraum im Prinzip nur darum, wer am besten aussieht oder die teuersten Klamotten hat. Manche Menschen verlassen diesen Zustand purer Oberflächlichkeit leider nie wieder. Trotzdem war ich zu der Zeit durchschnittlich beliebt. Dieses Alter ist einfach eine schwierige Phase, wie ich finde. Deshalb habe ich nie verstanden, wie es sein kann, dass von so jungen Menschen bereits so krass viel erwartet wird. Deshalb bin ich auch unserem Schulsystem gegenüber sehr kritisch. Wir werden bis zur absoluten Leistung getrieben, nur um dann, mit einem eventuell guten Abschluss, sofort eine Ausbildung oder ein Studium zu machen. Wer soll dann bitte bei diesem Stress und vor allem so früh wissen, was er im Leben machen will? Ich wusste es jedenfalls nicht.

Nachdem ich zweimal um nur einen Notenpunkt davon entfernt war, eine Klasse zu wiederholen, kam ich dann doch pünktlich in der Oberstufe an. Das ist ein wichtiger Punkt, weil sich ab diesem Zeitpunkt zwei Sachen änderten: Ich wurde besser in der Schule und entdeckte einen Sport, der mich bis heute fesselt. Die Verbesserung in der Schule resultierte aber nicht daraus, dass ich mich jetzt mehr bei meinen Hausaufgaben bemüht habe. Die habe ich nämlich schon seit der sechsten Klasse nicht mehr gemacht, #Vorbild.

ENDLICH VOLLJÄHRIG – WAS NUN?

Mein Abitur war zwar mit 2,7 nicht so gut, weil ich die finalen Klausuren auf Deutsch gesagt »verkackt« habe, aber immerhin hatte ich mein Abi! Dadurch, dass ich mit Inlinehockey einen regelmäßigen Sport ausgeübt habe, wurde ich auch immer dünner. Mit Mädchen ist aber auch im Alter von achtzehn Jahren immer noch absolut nichts gelaufen. Das habe ich aber nie bereut, weil ich glaube, dass man sich da echt keinen Druck machen sollte. Also, falls es da bei dir noch nicht so läuft: Das ist kein Problem. Das sage ich auch nicht nur so, weil es jetzt bei mir gut läuft. Ich habe es auch zu der Zeit damals schon so empfunden, dass es kein Verbrechen ist, damit noch zu warten. Mein Tipp ist: Lieber mit fünfundzwanzig oder fünfundvierzig das erste Mal Sex, als mit neunzehn schon eine sehr lange Liste mit Exfreunden/ Exfreundinnen zu füllen. Das muss natürlich jeder selbst wissen, aber meine Erfahrung sagt, dass dein Wert damit extrem sinkt. Wenn du dann nämlich doch auf die Person deiner Träume triffst, ärgerst du dich vielleicht sogar eher darüber, was vorher war.

Jetzt wird es spannend! Zu exakt dieser Zeit fing ich an, viel Playstation zu zocken, und erfüllte mir den Traum, YouTube-Videos zu machen. Natürlich als Hobby und ohne große Erwartungen. Wobei das gar nicht stimmt, weil ich tief in mir immer schon den Traum hatte, einmal sehr erfolgreich damit zu werden. Wie ich eben schon angesprochen habe, bin ich kein Freund von dem System, das uns in unsere Jobs presst. Leider ist es so, dass meine Eltern zu dieser Zeit genau das von mir wollten, was sich damals so anhörte: »Such dir einen Job, von dem du lange was hast. Es ist wichtig, erst einmal was in der Tasche zu haben, Geld und Spaß bekommst du später.« Damals habe ich schon gedacht, dass ich Geld und Spaß lieber sofort hätte als später irgendwann. Trotzdem habe ich mich beeinflussen lassen und mich auf ein duales Studium beworben, auf das ich von Anfang an keine Lust hatte. Ein duales Studium ist ein Studium, welches dir ein Unternehmen zahlt und bei dem du sogar ein Gehalt bekommst. Dafür gibt es Praxisphasen im Unternehmen und in den meisten Fällen darf das Unternehmen entscheiden, was nach dem Studium mit dir passiert.

Ich habe dann das duale Studium bei einem sehr angesehenen Unternehmen tatsächlich bekommen, obwohl ich beim

Bewerbungsgespräch nicht einmal wusste, was die eigentlich verkaufen. Es waren Bausparverträge, das weiß ich mittlerweile. Nach der Schule hatte ich anders als viele andere also kein Jahr Pause, um erst mal zu gucken, was ich machen will. Das würde ich aber jetzt jedem empfehlen, der mit der Schule fertig ist. Außer, du bist dir jetzt schon wirklich sicher. Dann gratuliere ich dir von Herzen! Und wenn du einfach ein Jahr chillen willst, dann mach es.

Ich fing also direkt mit einer Sache an, die mir nicht gefallen hat. Dafür bin ich im Nachhinein jedoch sehr dankbar, weil diese Phase mir bewiesen hat, dass es nicht richtig sein kann, sich den Erwartungen von anderen zu beugen. Und was passiert, wenn man keinen Bock auf etwas hat? Genau – man ist schlecht darin. Meine Klausuren an der Uni waren nicht gut und im Unternehmen kam ich jeden Tag zu spät, um nachmittags auch direkt wieder als Erster zu gehen. Meine große Leidenschaft wartete nämlich jeden Tag zu Hause auf mich: YouTube. Ich hatte bereits einige Tausend Abonnenten und ging in diesem Hobby zu hundert Prozent auf. Das war mein Ding. Während ich das schreibe, merke ich, wie krass diese Zeit für mich war. Siehst du, was ich meine? Ich hatte auf der einen Seite meinen Job, in den mich das System gepresst hat und den ich wirklich gehasst habe. Auf der anderen Seite hatte ich diese Leidenschaft, doch zu dieser Zeit war es ein absolutes Tabu, darüber nachzudenken, das als Beruf auszuüben. Wie dumm ist das eigentlich? Um das noch deutlicher zu machen, habe ich hier eine kleine Geschichte aus dieser Zeit.

MEIN NEUES LEBEN BEGINNT

Eines Tages, es war im August 2013, kam es nämlich zu einem Ereignis, welches ich wohl nie wieder vergessen werde. Ich stand kurz davor, 20 000 YouTube-Abonnenten zu erreichen, eine für mich bis heute unfassbare Zahl. Natürlich hatte ich bemerkt, dass diese Zahl sich immer mehr anbahnte, aber es war eben nur eine Zahl, nicht mehr. Es war etwas absolut Unwirkliches für mich. Um dir mal einen Vergleich zu geben: Zu dieser Zeit ging ich gerne ins Fußballstadion (ich schreibe bewusst nicht welches, damit du nicht wütend das Buch wegwirfst, sollte dir der Verein nicht gefallen, haha). In dieses Stadion passten etwa 50 000 Menschen, und allein der Gedanke, dass sich die Hälfte dieser gigantischen Menge für meine Person im Internet interessierte, war für mich nicht nachvollziehbar. Da meine Reichweite für mich bis zu diesem Zeitpunkt also nur als Zahl auf einem Monitor existierte, traf es mich wie ein Schlag.

Was war also dieses unvergessliche Ereignis? In besagtem Sommer 2013 war ich mit Freunden auf dem Fußballplatz, dieses Mal aber, um selbst zu spielen. Plötzlich hörte ich einen Ruf in meine Richtung: »Der Typ da sieht ja aus wie MarcelScorpion«. In diesem Moment fühlte ich zum ersten Mal, dass jetzt alles real war! Ausgerechnet in meiner kleinen 60 000-Einwohner-Stadt. Der Junge heißt André, und ich habe heute noch Kontakt zu ihm. Es erkannte zum ersten Mal in meinem Leben jemand MarcelScorpion und nicht Marcel Althaus. Mein Kopf wurde so extrem rot, meine Freunde (einige wussten nicht einmal, dass ich einen You-

Tube-Kanal hatte) konnten nicht glauben, was vor ihren Augen passierte. Der sonst so unauffällige Marcel war ein Star für jemanden. Noch heute, wenn ich auf der Straße nach einem Foto gefragt werde, löst es in mir dieses unbeschreibliche Gefühl aus.

Zu dieser Zeit hatte ich gerade Urlaub und musste mich nicht jeden Tag zwingen, ins Unternehmen zu gehen. Eine Woche später bin ich zusammen mit Anton (ViscaBarca, mein bester YouTube-Kollege) zur Gamescom nach Köln gefahren. Dort hatte ich sehr viel Kontakt zu meinen Zuschauern und alles wurde noch eine Stufe realer. Warum ich dir das alles so erzähle? Für mich war ab diesem Zeitpunkt klar, dass ich nach meinem Urlaub nicht mehr in das Unternehmen zurückkehren würde. An dieser Stelle habe ich die bisher wichtigste Entscheidung meines Lebens getroffen. Ich wollte in diesem Leben bleiben, in dem ich MarcelScorpion war. Marcel Althaus hatte keinen Bock mehr, sich jeden Morgen in diese Bank zu schleppen, nur um auf den Feierabend zu warten. Das ist quasi wie Batman, haha.

Rückblickend finde ich es unglaublich, dass ich das wirklich durchgezogen habe, weil ich zu so was vorher niemals imstande gewesen wäre. Ich musste nämlich direkt zwei absolut beschissene Konsequenzen erkennen. Erstens kannst du dir bestimmt vorstellen, wie die Gespräche mit meinen Eltern liefen, als ich es ihnen gesagt habe. Halleluja. Meine Mutter konnte ich relativ schnell überzeugen, weil sie immer gemerkt hatte, wie sehr ich es gehasst hatte, morgens in mein Auto zu steigen und zu der Bank zu fahren. Trotzdem war es nicht einfach, ihr beizubringen, dass ihr Sohn jetzt erst mal jeden Tag in ihrem Keller sitzt. Bei meinem Vater, der mich doch sehr in dieses duale Studium reingequatscht hatte, war das Ganze noch schwieriger.

So was ist komisch, ihr kennt das. Man weiß einfach, dass das eine blöde Situation wird, wenn man jemanden so »enttäuschen« muss. Es ist nicht mal eben so nebenbei, sondern total gezwungen. Wir saßen also da und es fiel der Satz, den ich noch heute jedem meiner Kollegen als schlimmsten Satz aller Zeiten zitiere, wenn deren Eltern das Gleiche sagen. »Mach das erst mal zu Ende, dann hast du wenigstens was in der Tasche.« Noch heute frage ich mich, welche Tasche da gemeint ist. Vielleicht die Tasche mit der Aufschrift: »Hier hast du deine Zeit verschwendet.« Ich denke, du kennst solche Gespräche. In dem Moment meinte mein Vater das natürlich nicht böse, er wollte und will ja nur das Beste für mich. Aber ich habe in dem Moment gemerkt, dass ich das nicht will. Ich will so nicht leben müssen. Wir haben nur dieses eine Leben und das will ich nicht dort verschwenden. Genau das habe ich ihm auch gesagt.

Mein Vater antwortete, dass ich zu diesem Zeitpunkt nur noch eineinhalb Jahre durchziehen müsste. Aber sogar das war zu viel für mich. Etwas in der Tasche zu haben bringt einem nichts, wenn man weiß, dass man sich danach sowieso um 180 Grad drehen wird. In meinem Kopf war zu der Zeit: Wenn YouTube nicht klappt, dann gehst du zum Radio. Das Krasse ist, dass das Gespräch trotzdem offen endete. Ich habe ihm nicht gesagt, wie ich mich entscheiden werde. Aber

Papa, sorry, wenn du das hier liest: Ich war mir zu jedem Moment sicher, dass ich das Studium trotzdem beenden werde, haha. Ich denke, du wusstest das damals auch schon.

Erfahren hat er meine Entscheidung dann zwei, drei Tage später in Form eines YouTube-Videos, in dem ich die Entscheidung veröffentlicht habe. Wenn du es sehen möchtest, gib einfach mal die Schlagworte »wichtigste Entscheidung« auf meinem Kanal ein. Ich weiß noch, wie mein Vater mir per WhatsApp geschrieben hat, dass er das Video gerade gesehen hat. Seine Enttäuschung zu erkennen war nicht schwierig. Das Video ist immer noch online und ich habe es mir gerade mal angesehen. Mal wieder so ein Moment, für den ich YouTube liebe. Das Video zeigt einfach *ungefiltert* meine Reaktion und ich kann mir das drei Jahre später noch anschauen.

Wie schon gesagt, waren meine Eltern nicht das einzige Problem. Die Bank wollte natürlich ihren Anteil, den sie in mein abgebrochenes Studium gesteckt hatte, zurückhaben. Und das waren einfach fucking fünftausend Euro. In dieser Zeit war ich Lichtjahre davon entfernt, so viel Geld auf meinem Konto zu haben. Ich habe also nicht nur mein einziges festes Einkommen weggeworfen, sondern noch Schulden aufgebaut. Meine Mutter hatte damals ein Konto für mich gemacht, als ich zur Welt kam. Dieses Konto musste ich komplett plündern, um mich aus meinem dualen Studium rauszukaufen. Jetzt verstehst du sicher, wie krass diese Entscheidung, für mich und meine Interessen einzustehen, wirklich für mich war. Sie war die riskanteste Aktion meines Lebens.

FOLGE DEINEM HERZEN

Bis heute macht mich das zu dem, der ich bin. Ich muss einfach das tun, worauf ich Lust habe. Das geht natürlich nicht immer, aber man sollte ein gutes Gleichgewicht finden. Damit will ich dir direkt eines der wichtigsten Dinge zeigen, die ich gelernt habe: Mach, was du willst. Ich weiß, das klingt so, als wäre ich jetzt auf einmal der Standard-Motivationscoach, den man im Fernsehen oder in irgendeinem teuren Seminar sehen kann. Da werden einem dann aber teilweise unmögliche Sachen erzählt, wie zum Beispiel, dass man sofort alles wegschmeißen soll, um sich frei zu fühlen. Meine Theorie ist es, einfach auf sein Gefühl zu hören. Mehr als unsere eigenen Gefühle haben wir halt nicht. Klingt komisch, ist aber so. Deshalb habe ich auch das Gefühl, dass nachdenken manchmal gar nichts bringt, weil wir sowieso meistens so handeln wollen, wie es uns das erste Empfinden zeigt. Es ist auch niemals zu spät, sich noch umzuorientieren, wenn einem das Gefühl das sagt. Man kann immer was ändern, auch, wenn es nur Kleinigkeiten sind. Wenn ich dieses Thema in meinen Videos anspreche, wird mir sehr gerne gesagt, dass ich es ja leicht hätte, weil alles geklappt hat. Soll ich dir was sagen? Das stimmt sogar. Ich hatte extremes Glück, aber ich habe es auch erzwungen. Du kannst kein Glück haben, wenn du nicht auf dem Weg zu deinem Ziel bist. Man kann es wenigstens versuchen. Glück gehört am Ende aber natürlich immer dazu.

Diese Entscheidung war ein riesiger Schritt in meiner persönlichen Entwicklung. Aber eine andere Erkenntnis, die ich über zwei Jahre nach diesem Ereignis gemacht habe, hatte und hat viel mehr Einfluss auf meine Persönlichkeit als der Abbruch meines dualen Studiums. Wir springen gemeinsam ins Jahr 2014, dem wichtigsten Jahr meiner YouTube-Entwicklung. Mittlerweile war es normal, dass jeden Monat 30 000 neue Abonnenten auf meinen Kanal kamen. Mein Leben widmete ich jetzt komplett der Internetplattform. Außerdem war ich mit Anton nach Köln gezogen und lebte das erste Mal ohne meine Eltern. Wie das alles genau war, erzähle ich euch in meiner Autobiografie in fünfzig Jahren, haha. In diesem Zeitraum lernte ich auch meine erste Freundin kennen. Mit mittlerweile zwanzig Jahren kam es dann auch tatsächlich zu meinem ersten Mal Sex, da gehe ich jetzt aber nicht ins Detail. Du merkst schon, ich springe hier ganz schön in der Zeit. Das liegt daran, dass ich dir hier echt nicht zu viel Zeug erzählen möchte, was nicht direkt mit meiner Persönlichkeit und letztendlich auch dem Grund zu tun hat, weswegen ich so ein tiefsinniges Buch schreibe.

Durch meinen immer größer werdenden Erfolg auf YouTube verdiente ich mittlerweile wahrscheinlich so viel Geld wie zehn alte Klassenkameraden, die in eine Ausbildung gegangen sind, zusammen. Das soll dir als Relation dienen: Ich habe im Vergleich zu anderen 20-Jährigen einfach krass viel Geld gemacht. Zu dieser Zeit müssten das ungefähr 5000 € pro Monat gewesen sein, mal mehr, mal weniger. Dazu hatte ich, wie gesagt, eine eigene Wohnung in einer Großstadt, in der ich mit einem meiner besten Freunde zusammen wohnte, meine erste Freundin und einen Beruf, der mich niemals dazu gezwungen hat, einen Wecker zu stellen. Das klingt vermutlich für viele nach einem Traumleben.

Das Traurige ist: Für mich war es das nicht. Ich war zu dieser Zeit extrem unglücklich, weil teilweise Dinge hinter den Kulissen gelaufen sind, die du dir nicht vorstellen kannst. Dazu kann ich sagen, dass sowohl der Start in die Beziehung als auch ins Zusammenleben nicht wirklich gut verlaufen sind. Diese Zeit hat mich zum Aufwachen gezwungen. Zu merken, dass dieser ganze Erfolg auch Schattenseiten mitbringt, hat mein Weltbild komplett verändert. Vieles, was mir beigebracht wurde, habe ich ab diesem Zeitpunkt extrem infrage gestellt. Nachdem ich sogar zweimal geweint habe, obwohl ich doch eigentlich alles hatte, wusste ich, dass damit jetzt Schluss sein musste. Viel gute Laune hatte ich nämlich höchstens noch in meinen Videos. Ich bin sogar einmal zum Arzt gegangen, weil ich wissen wollte, ob ich depressiv bin. Die Ärztin fand mein Anliegen gewissermaßen süß. Sie sagte mir, dass Despressionen bei mir definitiv auszuschließen sind, weil ich dafür viel zu viel Zitat »auf die Kette bekomme«. Da ich jetzt wusste, dass ich nicht krank war, musste es an mir selbst liegen. An meiner eigenen Einstellung zu allem. Ich habe dann selbst angefangen, mich mit Glücksliteratur zu beschäftigen. Das hat mir weitergeholfen. Ich muss aber auch sagen, dass viel Quatsch in solchen Büchern steht. Das ist einer der Gründe, weshalb ich selbst eins schreiben wollte. Ich habe so vieles ausprobiert, dass ich dir meinen persönlichen Masterplan des Glücks zeigen will.

Es gibt nämlich eine Sache, die ich niemals erkannt hätte, wenn ich damals nicht so down gewesen wäre. Ich sage es mal so: Die meisten von uns werden so erzogen, dass Leistung im Vordergrund steht. Wir bekommen Lob bei guten Schulnoten oder wenn wir einen Job bekommen haben. Warum ist das so? Weil uns beigebracht wird, dass es wichtig ist, später viel Geld zu verdienen. Wir sollen immer zukunftsorientiert handeln. Für mich ist dieses »später« auf einmal sehr früh eingetroffen. Ich war bereits mit Anfang zwanzig extrem erfolgreich und verdiente mehr Geld, als ich mir jemals hätte träumen lassen. Ich habe also einige Schritte übersprungen und stellte entsetzt fest, dass mir das für mein inneres Befinden nicht viel gebracht hatte. Die komplette »äußerliche« Situation, in der ich zu dieser Zeit war, hatte es also nicht geschafft, einen glücklichen Menschen aus mir zu machen.

An diesem Punkt begann meine Reise Richtung Glück, auf der du mich gerade begleitest. Ich wollte unbedingt wissen, wo man es findet. Wie wird man glücklich, wenn die Sachen, die angeblich dafür sorgen sollen, wie zum Beispiel Geld, nicht funktionieren? Ich war immer ein Mensch, der für alles eine optimale, also praktische und schnelle Lösung gesucht hat. Das haben faule Menschen so an sich, haha.

LEKTION 1

VERGANGEN
IST
VERGANGEN

Es gibt keinen passenderen Start in die zehn Lektionen als diesen: die Vergangenheit. Denn diese hat einen enormen Anteil daran, wie glücklich oder unglücklich wir sind – vielleicht sogar den größten. Du kennst es doch bestimmt, dass dich manche Sachen, die früher passiert sind, heute immer noch wütend oder traurig machen. Das kann jegliches Glück in der Gegenwart ganz schön erschweren. Man will alles besser machen und am besten ganze Kapitel löschen, weil sie einen so fertigmachen.

Wenn man darüber nachdenkt, ist es eigentlich ganz schön lustig, was diese »Vergangenheit« überhaupt ist. Wenn sich jemand häufig über seine Vergangenheit beschwert, mache ich immer das Gleiche: Ich fordere diese Person auf, mir ihre Vergangenheit zu zeigen, die sie so hart belastet. Daraufhin kommt immer ein »Wie soll das gehen?« zurück. Die Vergangenheit scheint also wie eine Art unsichtbares Monster zu sein. Ich finde es faszinierend, dass man sich so oft mit Dingen belastet, die in der Vergangenheit liegen. Das können Kleinigkeiten sein, wie das Wissen, dass man am Morgen zu spät in die Schule gekommen ist und Ärger bekommen hat. Auf der anderen Seite aber natürlich auch große Ereignisse. Viele Menschen werden von ihrer eigenen Geschichte geradezu innerlich zerstört, sodass sie an fast nichts anderes mehr denken können.

Woher ich das weiß? Mir ging es selbst so und das war echt nicht schön. Als ich mit meiner ersten Freundin zusammen war, hat sie direkt am Anfang der Beziehung jemand anderes geküsst. Die Sache an sich war nicht das größte Problem, da ich mich zu dieser Zeit auch nicht korrekt verhalten habe und es deshalb verzeihen konnte. Das Problem war nur: Ab diesem Zeitpunkt hatte ich permanent schlechte Gedanken in meinem Kopf. Gedanken, wie sie eine andere Person küsst. Mein Gehirn hat sich alles bildlich ausgedacht, obwohl ich es natürlich nicht gesehen hatte. Das ist dieses berühmte »Kopfkino«. Immer, wenn ich Zeit mit ihr verbracht habe, waren diese Gedanken da. Ich konnte keinen glücklichen Moment genießen, ohne, dass da diese Zweifel waren. Das hat sich bis zu unserer Trennung nie wieder geändert. Was mein Gehirn gemacht hat, war Folgendes: Es hat von etwas Vergangenem auf etwas Zukünftiges geschlossen. Das ist so, als würde man Auto fahren und dabei ausschließlich durch den Rückspiegel gucken. Das kann nicht klappen!

Mit der entsprechenden Erkenntnis, Vergangenes als nicht änderbar zu betrachten, wäre mir alles viel leichter gefallen. An dieser Stelle hätte ich mich rückblickend dazu entscheiden sollen, diese Beziehung zu beenden. Nicht, weil sie diesen Fehler gemacht hat, sondern weil ich in der Gegenwart nicht glücklich sein konnte. Aber wie gesagt, rückblickend. Denn ändern kann man die Vergangenheit leider nicht. Wenn man immer wieder über Dinge nachdenkt, die man verändern will, die aber schon hinter einem liegen, dreht man durch. Man stellt sich einer unlösbaren Aufgabe. Viele kennen den Fall, einen verstorbenen Freund oder Verwandten zu haben, dem man noch so viele Dinge sagen möchte. Und es macht einen verrückt, dass man es nicht kann. Ich zum Beispiel würde alles geben, noch mal mit meiner Oma sprechen zu können. Aber das geht nicht und das muss ich akzeptieren.

Faktisch gesehen existiert die Vergangenheit nirgendwo – außer in unseren Köpfen, als Gedanken oder Gefühle. Das soll nicht heißen, dass die Dinge, die uns über Jahre passiert sind oder geprägt haben, nicht wirklich passiert sind. Natürlich sind sie passiert und das kann in manchen Fällen gute und in anderen Fällen schlechte Auswirkungen haben. Deshalb habe ich meine eigene Denkweise entwickelt, um damit gut umzugehen. Ich denke mir jetzt immer, wenn solche negativen Gedanken hochkommen: »Ey, Marcel. Du kannst es nicht mehr ändern. Das Einzige, was du machen kannst, ist, daraus zu lernen und weiterzumachen.« Wenn du jetzt denkst, ich würde meine Augen komplett verschließen und alles mit Gewalt verdrängen, was mir jemals passiert ist, dann sage ich dir ganz klar: Nein. In einigen Ratgebern, die ich in meiner schlimmsten Downphase gelesen habe, wurde aber häufig genau das vorgeschlagen. Vergangenes komplett zu löschen und nur heute zu existieren. Das klingt natürlich interessant und würde einen sicher von allem befreien. So wie ich das sehe, ist es nur leider absolut unrealistisch.

VERZEIHEN ZU KÖNNEN IST EXTREM WICHTIG

Mein Trick ist es, schlichtweg zu *akzeptieren*, was passiert ist. Und man sollte, wenn man sich erwischt, wie man ständig an die Vergangenheit denkt, auf jeden Fall nach Ablenkung suchen. Was in meinen Augen gute Methoden zum Ablenken sind, erzähle ich später im Kapitel über Flowphasen. Trotzdem kann das Denken an die Vergangenheit hin und wieder hilfreich sein. Man zieht sich sozusagen das Positive daraus, indem man lernt. Wenn man von derselben Person schon gefühlte

3000 Mal verletzt wurde, würde es einen gefühlsmäßig umbringen, sich jedes Mal erneut auf diese Person einzulassen. In diesem Fall denke ich gerne so: »Okay, dieser Mensch tut mir nicht gut. Ich verzeihe ihm sein Verhalten, damit ich nicht in zwanzig Jahren noch denke, wie schlecht er zu mir war. Trotzdem gehe ich meinen Weg ab jetzt ohne ihn.«

Verzeihen zu können ist extrem wichtig bei diesem Thema. Man muss anderen Menschen ihre Fehler verzeihen, weil man sonst nicht mehr glücklich wird und der Kopf wieder in der Vergangenheit lebt, was einen selbst wieder unglücklich macht. Um es klarzumachen, gebe ich dir ein extremes Beispiel: Wenn man wirklich mit allem und jedem zu hundert Prozent im Reinen wäre, würde es einem nicht schwerfallen, sogar die größten Fehler zu verzeihen. Man könnte mit dem Mörder seines besten Freundes im Gerichtssaal sitzen und würde kein schlechtes Gefühl dabei haben. Wie gesagt, ein extremes Beispiel und ich glaube, dass es so extrem gar nicht sein sollte. Man muss anderen Menschen ihre Fehler verzeihen, weil man sonst nicht mehr glücklich wird und der Kopf wieder in der Vergangenheit lebt, was einen selbst wieder unglücklich macht. Es geht mir darum, dir die »eigensinnige« Bedeutung von Verzeihen zu verdeutlichen. Ich kann jemandem für mein *eigenes* Gefühl selbst verzeihen, wie er ist oder was er gemacht hat. Und verzeihen bedeutet auch nicht vergessen. Es meint nicht, auf Biegen und Brechen mit jemandem befreundet zu sein. Trotzdem sollte eine Sache klar sein: Etwas wie Rache, auch wenn uns das oft in Filmen etc. gezeigt wird, ist nicht hilfreich. Sich zu rächen bedeutet, dass man Vergangenes nicht akzeptieren konnte und sogar so weit gehen muss, jemanden in gleichem Maße zu verletzen. Das erzeugt ausschließlich weitere Negativität. Wenn du zum Beispiel einen Lehrer hattest, der dir zu Unrecht immer schlechte Noten gegeben hat, verzeihe es ihm. Das befreit dich von der Last, die daraus entsteht. Natürlich ändert das nichts mehr an den Noten, aber an deiner Sicht darauf. Nur weil du ihm verziehen hast, musst du ja nicht direkt mit ihm befreundet sein. Ich versuche ständig, meine Gefühle in der Vergangenheit zu lassen, aber meine Entschlüsse und gelernten Dinge mit in die Gegenwart zu nehmen. Das klappt natürlich nicht immer. Es gibt auch Momente, in denen ich selbst merke, dass gerade etwas nicht stimmt und mein Kopf wieder Situationen aus der Vergangenheitskiste holt, um sie mir vorzuspielen.

Wir sind nur Menschen - du und ich. Ich glaube, kaum jemand ist in der Lage, immer nur das Positive in der Vergangenheit zu sehen. Das ist nun mal menschlich. Wer kann schon dem Mörder seines besten Freundes verzeihen, selbst wenn es für einen selbst das Beste wäre? Wenn du feststellst, dass es dir schwerfällt, das Kopfkino abzustellen, dann mach dir keinen Druck. Manchmal hilft uns die totale Konfrontation mit der Erinnerung, solange sie in geregeltem Maße passiert. Dabei müssen wir aber kritisch unterscheiden, welche Erinnerungen auch wirklich so passiert sind, wie wir sie uns vorstellen. Diese Art der Konfrontation erzwingt die Akzeptanz. Wir sind alle keine Roboter, die sich selbst zu bestimmten Gefühlen zwingen können. Wir können nur das Beste tun, um unser Ziel nicht aus den Augen zu verlieren: Glücklich zu sein - egal, was uns in der Vergangenheit Schlimmes widerfahren ist.

LEKTION
2

STAY POSITIVE

Gerade muss ich beim Schreiben schon sehr grinsen, weil ich mich so darüber freue, wie diese Überleitung von Lektion 1 auf 2 funktioniert hat.

Wie wir gerade gesehen haben, kann man seine Gefühle nicht gezwungenermaßen in bestimmte Richtungen lenken. Man kann ja nicht einfach rumsitzen und sich selbst einhämmern, dass man extrem glücklich ist, wenn gerade zum Beispiel etwas passiert ist, was einem ein schlechtes Gefühl gegeben hat. Reale Gefühle auf diese Art und Weise »auszukontern«, funktioniert niemals. Das habe ich selbst schon unzählige Male gemerkt. Und wenn man sich dann selbst auch noch zusätzlich dafür verurteilt, was man gerade empfindet, dreht man erst recht durch. Ich hatte in der Einleitung bereits erwähnt, dass es diese tragische Situation gab, in der ich dasaß und dachte: »Marcel, du hast jetzt alles, was du immer wolltest. Was jeder immer will. Du bist erst 21, hast viel Geld, eine Freundin, wohnst mit deinem besten Freund zusammen und hast Hunderttausende Fans. Und trotzdem bist du nicht glücklich. Was ist los mit dir?« Du siehst, dass ich mein eigenes Unglücklichsein selbst nicht fassen konnte und mich wehren wollte. Ich wollte nicht akzeptieren, dass ich nicht zufrieden war. Ich habe gegen dieses Gefühl gekämpft. Damit habe ich aber alles immer schlimmer gemacht. Ich habe gelernt, dass man einen Umstand erst akzeptieren muss, um daraus zu handeln. Natürlich habe ich auch dafür wieder ein Beispiel aus meinem eigenen Leben. Und Überraschung, es geht um YouTube. Im Dezember 2015 lief es auf YouTube zahlen- und statistikmäßig nicht so gut. Das Wachstum ging etwas zurück, die

Klicks auch. Ich war damit nicht zufrieden. Wenn ich zu diesem Zeitpunkt so gedacht hätte wie früher, wäre ich damit vielleicht untergegangen, weil ich innerlich dagegen gekämpft hätte: »Kann ja gar nicht sein, ich mache doch alles richtig. Die Leute haben ja keine Ahnung, warum abonnieren sie lieber YouTuber XY als mich. Die besten Videos sind immer noch meine.«

Solche Gedanken hätten mir nicht geholfen und das Wachstum meines Kanals auch nicht wieder verbessert, wie auch. Wenn man die Situation, in der man sich befindet, nicht akzeptiert, dann kann man sie auch nicht ändern. Klingt erst mal komisch, ist aber so. Ich habe dann gedacht: »Okay, Marcel, es läuft gerade nicht so. Das kann passieren. Ich versuche im nächsten Video mal das und das zu ändern und dann schauen wir mal.« Das bedeutet, dass aus meiner Akzeptanz eine Änderung entstand, welche meinen Kanal wirklich weitergebracht hat. Denn mit den neuen Videos lief es zahlenmäßig direkt besser und ich hatte bereits kurze Zeit später meinen besten Monat ever. Damit will ich dir einfach sagen, dass ich gelernt habe, dass man *jeden* Zustand akzeptieren muss. Das klingt extrem hart, wie soll man zum Beispiel akzeptieren, dass ein Familienmitglied stirbt, fragst du dich bestimmt. Ich bin kein Psychologe, aber ich sage dir, irgendwann geht das. Wenn man im Kopf immer dagegen kämpft, dann bringt das nämlich gar nichts – genauso wenig wie beim Thema Vergangenheit. Wenn es dir mal richtig scheiße geht, dann geht es dir scheiße. Leg dich ins Bett und guck dir eine Serie an. Triff dich mit Freunden, aber akzeptiere es im Kopf. Das ist natürlich viel leichter gesagt als getan. Ich lerne das derzeit und es ist wirklich krass, wie sehr man gegen schlechte Gefühle kämpfen will.

Dazu ein kleines Beispiel: Ein Paar trennt sich. Ich glaube, dass Frauen oft besser mit solchen Situationen des Schmerzes umgehen, weil ihnen beigebracht wurde, dass Weinen als Frau okay ist. Eine verheulte Frau, die mit einem Eimer Schokoladeneis im Bett liegt, das kennt man aus Filmen. Sie sind meiner Meinung nach mit ihren eigenen Gefühlen besser vertraut und akzeptieren sie. Das erkennt man daran, dass sie sich nach Trennungen häufig für ein paar Wochen in ihrem Zimmer einschließen, während der Exfreund Partys macht. Was passiert hier? Sie akzeptiert den Schmerz und geht aktiv darauf zu, um ihn zu besiegen. Er hingegen will sich nicht eingestehen, verletzt zu sein, und macht mit seinen Jungs einen drauf. Die Quittung bekommt er dann ein paar Wochen später, in Form von eigener Unsicherheit und dem Schmerz, dem er alleine nicht mehr aus dem Weg gehen kann. Man kann natürlich nicht alle Menschen des gleichen Geschlechtes über einen Kamm scheren. Ich bin, wie gesagt, weder Psychologe noch Verhaltens- oder Gehirnforscher. Das, was ich gerade beschrieben habe, ist vielleicht viel zu allgemein, aber mir ist das so aufgefallen. Es beweist wieder diese eine Sache: Akzeptanz ist besser als Verdrängung. Wir werden nie zu hundert Prozent frei sein, wenn da im Kopf noch diese ungeklärte Sache ist.

FÜHRE DIR VOR AUGEN, WENN DU GLÜCKLICH BIST

Ich weiß, das alles klingt bisher eher negativ und du fragst dich vielleicht langsam, wieso dieses Kapitel »Stay positive« heißt. Wie schon gesagt, Gefühle, die aus bestimmten Situationen entstehen, muss man akzeptieren. Woran man aber arbeiten kann, ist die Grundeinstellung. Auch hier gilt: Es bringt nichts, sich zu etwas zu zwingen. Dennoch kannst du durch deine eigene Einstellung viel verändern. Ich gebe dir ein ganz persönliches Beispiel dazu. Wie schon gesagt, dachte ich eine ganze Zeit lang, ich müsste Depressionen haben, weil ich nicht glücklich war. Ich glaube, viele haben das schon mal über sich selbst gedacht. Viel zu viele. Denn richtige Depressionen sind etwas ganz anderes, als sich hin und wieder mal schlecht zu fühlen.

Was habe ich gemacht, nachdem mir klar war, dass ich keine echten Depressionen habe? Ich habe aktiv an meiner Einstellung gearbeitet. Um es ganz konkret zu machen: Ich habe damit angefangen, mir in glücklichen Situationen aktiv vor Augen zu führen, dass ich gerade glücklich bin. Was dabei hilft, ist zu wissen, für was man eigentlich dankbar sein kann. Ich bin dankbar dafür, dass ich gesund bin. Ich bin dankbar dafür, dass ich gerade glücklich bin. Ich bin dankbar für … Eine Dankbarkeitsliste (mit Stift und Papier) zu führen kann sich sehr positiv auswirken und helfen, sich seine »Glücklichmacher« noch deutlicher vor Augen zu führen. Das geht natürlich genauso gut in schlechten Momenten. Je mehr Situationen ich aktiv und bewusst als glücklich empfunden habe, desto mehr habe ich mir selbst folgenden Gedanken eingepflanzt: »Mein natürlicher Zustand ist glücklich.«

Jetzt fragst du dich sicher: »Marcel, du hast doch eben noch geschrieben, dass man seine Gefühle selbst nicht beeinflussen kann. Was bringt dir das also?« Eigentlich ganz einfach. Die Gefühle der jeweiligen Situationen zu ändern, ist, wie bereits gesagt, einfach nicht möglich. Wenn ein Gefühl da ist, dann ist es da. Ich habe einfach meine Sicht darauf geändert, also meine Beobachterrolle angepasst. Wenn ein Moment des Unglücks (z. B. eine kleine YouTube-Downphase) eingetreten ist, die ich mit negativen Gefühlen erlebt habe, hab ich diesen Moment in die Schublade »nicht normale Situation« gelegt. Damit habe ich zwar das Gefühl nicht geändert, aber die Grundhaltung. Ich habe mich sozusagen nicht noch zusätzlich für mein schlechtes Gefühl verurteilt. Das machen Menschen leider besonders gerne. Glückliche Momente sind in der »Normale Situation«-Schublade gelandet.

Ich erkläre das noch mal in anderen Worten. Ich habe den Zustand des Glücklichseins als »normal« und den des Unglücklichseins als »nicht normal« betrachtet. Somit habe ich mir selbst bewiesen, dass der normale Zustand der glückliche ist. Ich habe das wirklich in mich hineingeprügelt. Der Sinn ist ziemlich einfach. Dadurch sind die Grundgedanken positiver. Ich verzweifle nicht mehr so in negativen Situationen, weil ich sicher weiß, dass das nur eine Phase ist. Die normale, also wieder positive Situation wartet schon hinter der nächsten Ecke auf mich. Wenn man das einige Zeit so denkt, dann glaubt man es schnell und es funktioniert. Nur deshalb kann ich mich heute überhaupt als glücklich beschreiben. Alles reine Kopfsache.

Mir sind von einer bestimmten Sorte Menschen schon so viele begegnet, dass ich fast schon lachen muss, wenn ich daran denke. Das sind die »Momentan«-Menschen, die wirklich *immer* sagen, dass es bei ihnen »momentan« nicht gut läuft. Das Wort an sich weist auf einen zeitlich begrenzten Zustand hin. Das ist aber nicht mehr so, wenn man es *immer* sagt. Diese Menschen haben offenbar ein extremes Problem damit, überhaupt irgendetwas als positiv zu betrachten. Und wenn das dann mal klappt, ist es für sie die »nicht normale« Situation. Ich denke, wenn wir uns ein bisschen ins Glück »hineindenken«, fällt uns eines schnell auf: Die Situationen und Gefühle, die das Leben uns gibt, können wir nicht beeinflussen. Unsere Sicht darauf aber schon.

Wenn man das richtig hinbekommt, schafft man es sogar, die Welt mit komplett anderen Augen zu sehen. Ist das Grundgefühl positiv, passieren einem auch immer mehr positive Dinge. Das ist eine Sache der Anziehung von sogenannten »Vibes«, das sind Schwingungen. Vielleicht denkst du gerade, dass ich so ein esoterischer Astrologe wäre, der an Kartenlegen und Hellseher glaubt, aber das stimmt nicht. Trotzdem finde ich diesen »Vibes«-Gedanken sinnvoll. Ist dir vielleicht schon einmal aufgefallen, dass dich mehr Leute anlächeln, je mehr du selbst lächelst? Das sind Schwingungen, ganz einfach. Es ist keine Zauberei. Ich erinnere mich immer gerne daran, wie ich mal zu einer Kassiererin im Supermarkt gesagt habe, dass ich ihre Uhr schön finde. Sie ist richtig aus sich herausgegangen – das war toll! Es ist krass, wie positiv Menschen reagieren, wenn man einfach nett ist. Das kennen viele gar nicht mehr. Und nett sein fällt nun mal deutlich leichter, wenn man sich selbst für glücklich hält. Manchmal sehe ich Menschen in der Stadt, die sich selbst so krass bemitleiden, dass es dann auch keine Überraschung ist, wenn sie wegen Kleinigkeiten, die ihnen nicht gefallen, komplett ausrasten. Das ist dann das Gegenteil von »stay positive« – das sind dann die negativen »Vibes«.

Kennst du die Leute, die nur am Wochenende Spaß haben und zufrieden sind? Ich könnte mir sogar vorstellen, dass du vielleicht selbst so einer bist. Ich selbst war sogar der Schlimmste dieser Sorte! Aber was machen wir in solchen Momenten? Da das Wochenende nur zwei von sieben Tagen der Woche darstellt, ist es in diesem Fall die »nicht normale« Situation. Trotzdem flüchten sich viele Menschen schon während der gesamten Woche in ihrem Kopf ins Wochenende, weil dort das »Glück« wartet. Wäre es nicht besser, das Glück jeden Tag zu finden? Ich denke schon. Natürlich gibt es fast nichts Besseres als Vorfreude. Dennoch ist es wichtig, jeden Tag zu genießen und positiv zu sehen. Früher zu meiner Schulzeit habe ich fast jeden Sonntagabend geweint und konnte nicht schlafen, weil die Woche sich so negativ angefühlt hat. Falls es dir auch so geht, egal ob in Schule, Studium oder Beruf, lass dir eine Sache sagen: Das kriegst du hin. Und das geht auch vorbei. Versuche einfach, *jeden* Tag zu begrüßen. Ich habe teilweise auch Probleme damit, aber das ist ja das Schöne. Wir sind beide auf derselben Reise!

LEKTION 3

JEDES

NEIN

BEDEUTET AUCH

EIN

JA

Wie am Ende des letzten Kapitels bereits geschrieben, können wir oft nichts von dem ändern, was uns passiert. Es wird einfach Klausuren geben, in denen wir eine schlechte Note bekommen. Es wird Menschen geben, die unsere Gefühle nicht erwidern. Unser Brötchen wird auch immer auf die belegte Seite fallen. Es wird Bewerbungsgespräche geben, die nicht funktionieren, und die Fahrprüfung kann auch schiefgehen. Bei mir sogar zwei Mal, aber das nur so nebenbei. Obwohl, warum nebenbei. Eigentlich eignet sich das sehr gut als Beispiel.

Dazu müssen wir erst mal wieder in die Zeitmaschine steigen und ins Jahr 2011 fliegen. Ich war zu der Zeit siebzehneinhalb und jeder meiner Kollegen hatte schon seinen Führerschein. So ist das in einer Kleinstadt. Als ich nach Berlin gekommen bin, ist mir erst mal aufgefallen, dass das hier gar nicht so normal ist, einen Führerschein zu haben, aber das nur zum Thema »was ist eigentlich normal«. Eigentlich ist es fast schon traurig, wie sehr meine Fahrschulzeit mich damals belastet hat. Ich war einfach der typische Fall von jemandem, der es nicht sofort konnte. Deshalb hat mich damals echt jede einzelne Fahrstunde schon Tage vorher um den Verstand gebracht. Wenn ich darüber jetzt nachdenke, erkenne ich, wie klein so ein Problem *eigentlich* ist. Außerdem ist es nicht schlimm, etwas erst mal lernen zu müssen. Beides erkennt man in so einer Situation aber natürlich selbst nicht. Man denkt, das sei gerade das wichtigste Problem der Welt, und das einzige, was einem einfällt: Ich kann nicht ab Tag eins perfekt Auto fahren.

Eines Tages kam es, wie es kommen musste: Ich bin durch einen wirklich unnötigen Fehler gegen Ende meiner ersten Fahrprüfung durchgefallen. Quasi schon auf der Ziellinie. In diesem Moment ist eine Welt für mich zusammengebrochen, das konnte doch nicht ausgerechnet mir passieren. Zwei Wochen später bin ich dann noch mal durchgefallen und habe im Auto angefangen zu weinen. Das Leben hat also was getan? Es hat mir ein fettes »Nein« reingedrückt. Als Nein definiere ich einen Umstand, der mir in dem Moment, in dem er erscheint, ein negatives Gefühl bereitet. Man könnte es auch »da ist mir Scheiße passiert« nennen, aber Nein klingt doch etwas freundlicher. Ein Ja hingegen ist ein Umstand, auf den ich mit guten Emotionen reagiere.

ICH FLOG ZWEI MAL DURCH DIE FAHRPRÜFUNG - UND WAR AM ENDE FROH DARÜBER

Zurück zur Geschichte. Mein letztes Erspartes war weg und ich hatte trotzdem keinen Führerschein. Es war mir so peinlich und unangenehm, dass ich das ganze Wochenende nur im Bett lag. Meine Kollegen sind alle schon mit ihren Eltern durch die Gegend gefahren und ich hatte kein Geld mehr für die dritte Prüfung. Zwei Monate bin ich nicht zur Fahrschule gegangen. In dieser Zeit hat sogar meine Fahrlehrerin die Schule verlassen.

Warum ist nun jedes Nein auch ein Ja? Stell dir vor, ich hätte den Führerschein sofort bestanden und zwei Tage danach einen tödlichen Unfall verursacht. Ich weiß, das ist unwahrscheinlich, aber es ist ein Gedankenexperiment. Bei dieser Betrachtung kann ich sogar froh sein, dieses Nein kassiert zu haben, weil in meinen Augen *alles* einen Sinn und Zweck hat. Das ist dir zu abwegig? Kein Problem, ich habe ein krasseres Beispiel. Und wir können sogar beim Thema bleiben. Wie schon gesagt, hat in den zwei Monaten meiner Abwesenheit mein Fahrlehrer gewechselt. Ein junger Mann, der übrigens der Besitzer der Fahrschule war, wurde prompt mein neuer Fahrlehrer. Mit ihm an meiner Seite bestand ich endlich die Prüfung. Warum ich das erzähle? Vor zwei Tagen habe ich erfahren, dass dieser junge Fahrlehrer, mit dem ich zusammen meine Prüfung gemeistert habe, kürzlich an einem Herzinfarkt gestorben ist. Er hinterlässt seine Familie und die Fahrschule. Ich denke, dazu muss ich nicht mehr viel erklären. Hätte ich den Führerschein sofort geschafft, diesen Menschen hätte ich nicht mehr kennenlernen dürfen. Wir wären uns nie begegnet. Das Nein wurde also zu einem Ja.

Das ist sehr oft so im Leben. Wenn du darauf achtest, wirst du es auch für dich erkennen. Dafür braucht es nur häufig Zeit. Denn das Besondere ist, dass man es direkt in dem Moment, in dem das Nein kommt, nicht als Ja erkennen kann. Die Trennung von meiner Exfreundin war im ersten Moment auch ein fettes Nein. Ohne diese Trennung hätte ich aber niemals meine jetzige Freundin, mit der es hundert Mal besser läuft, kennengelernt. Verstehst du das Prinzip? Dinge, die wir schlecht finden, leiten immer in irgendeiner Form zu etwas Gutem. Auch, wenn uns das natürlich erst mal nicht so vorkommt. Du hast in der Disko einen Korb kassiert? So was tut im ersten Moment weh. Aber was ist, wenn du zwanzig Minuten später jemanden triffst, der dir noch besser gefällt? Du hast einen Job nicht bekommen? Ich gratuliere dir, du wirst einen besseren finden. Ist es nicht genial, so zu denken? Dann kann dich nichts komplett erschüttern. Natürlich gibt es auch hier wieder Ausnahmen. Ich würde auch nichts Gutes daran erkennen, wenn jemandem aus meiner Familie etwas passiert. Aber alles, was passiert, passiert aus einem bestimmten Grund. Das will ich einfach glauben. Stell dir mal vor, mir hätte mein Job damals extrem gut gefallen. Du würdest das hier gerade nicht lesen.

Wie im Kapitel über die Vergangenheit schon beschrieben, setzt hier wieder derselbe Prozess ein: akzeptieren. Wenn wir nicht akzeptieren können, werden wir niemals befreit sein. Mit diesem Denken können wir Sachen sogar noch früher akzeptieren, weil wir wissen, dass der Moment kommen wird, für den das Nein gut war. Sogar, wenn es eine Kleinigkeit ist. Sogar, wenn du denkst, es sei nichtssagend. Wenn du an dem Punkt bist, an dem du das zu hundert Prozent anwenden kannst, ruf mich bitte an, haha. Dann hast du eine Fähigkeit, die jeder Mensch haben möchte. »Unverwundbarkeit light« würde ich das nennen. Der erste Moment kann definitiv immer noch wehtun, wenn dich das Nein erwischt. Das können wir nicht ändern. Aber wir können ändern, wie lange das so bleibt! Wir wissen nämlich, dass die nächste gute Phase voller Jas bereits auf uns wartet.

Ich verstehe nicht, warum Schulen und Universitäten sich keine Zeit nehmen, Schülern solche Dinge mitzuteilen. Gilt wahrscheinlich als Hokuspokus. Das ganze Buch hier kann für dich wie Hokuspokus wirken. Ich habe die Theorie, dass jeder Mensch seine eigene Wahrheit lebt. Und eine Welt, in der jeder Rückschlag mich bis zum Ende zerstört, soll nicht meine Welt sein. Wenn du jemand bist, der so was nicht glauben kann: Du wirst deine eigene Wahrheit finden, ich will dich nicht belehren. Wie denn auch, mit dreiundzwanzig Jahren. Ich will dir nur zeigen, dass diese Art zu denken einen positiven Einfluss auf mich hat. Also, gibst du mir ein Ja oder ein Nein?

LEKTION 4

DAS EGO

Dieses Kapitel liegt mir besonders am Herzen. Wie in der Einleitung geschrieben, gibt es nur eine Sache, die im Leben wirklich Bedeutung hat: Meiner Meinung nach ist das Glücklichsein das höchste Ziel, das man erreichen kann. Jeder sucht auf die eine oder andere Weise nach Glück. Dieses Glück hat jedoch einen Feind, der leider tief in uns wohnt. Ich spreche vom Ego. Früher dachte ich, dass ein Ego zu haben etwas Gutes ist. Ich dachte, dass es bedeutet zu wissen, wer man ist. Heute denke ich, dass es das genaue Gegenteil davon ist. Es beweist uns, wer wir nicht sind. Ich zeige dir, was ich meine.

Kennst du das, wenn du dich mit jemandem streitest und die andere Person etwas sagt, das in deinen Augen nicht stimmt oder niemals so passiert ist? Nehmen wir sogar an, dass du sicher weißt, dass du im Recht bist. Zum Beispiel nimmt dir dein Lehrer die Klausur weg und behauptet, du hättest beim Nachbarn abgeschrieben. Das ist mir mal genau so passiert, kein Witz. Du bekommst eine Sechs, obwohl du nichts getan hast. Oder es will ein Polizist dich dabei gesehen haben, wie du über eine rote Ampel fährst, und du weißt ganz genau, dass sie eigentlich gerade erst auf Gelb gesprungen war. Vor Gericht verlierst du dann aber den Fall und deinen Führerschein. Du empfindest das als unfair.

Das Gefühl, das du in solchen Momenten vor allem in deinem Bauch spürst, ist unglaublich negativ, oder? In solchen Momenten einer Streitigkeit sagt man unglaublich ekelige und schlechte Dinge – sogar zu Leuten, die man über alles liebt. Das kennst du hundertprozentig. Es ist fast schon so, als ob du nicht mehr selbst am Steuer deines Körpers sitzt, sondern jemand anderes. Das merkt man oft daran, dass man sich nach dem Streit mit der Person wieder verträgt und sich sogar fragt, warum und wie das alles so eskalieren konnte, obwohl das Band zwischen beiden sonst so stark und unantastbar ist. Noch schlimmer ist es natürlich, wenn keine Versöhnung erfolgt. Ich kenne solche Momente auch. Dieses zerfressende Gefühl, Recht haben zu müssen, sogar bei kleinen Dingen, die einem sonst meistens egal wären. Auf einmal streitet man, weil man den Streit »gewinnen« will, und diskutiert nicht mehr auf normaler Ebene über das Thema, um das es eigentlich geht. Das ist in Bezug auf das gesamte Kapitel nur ein Beispiel, beschreibt aber meine Definition von Ego ziemlich perfekt. Ich spreche hier nicht von Menschen, die etwas auf sich halten, weil sie etwas gut können. Das muss jeder selbst wissen. Ich spreche von dem Ego, das in uns Dinge wie Eifersucht, Hass, falsche Ehre, Gier, grundsätzliche Negativität und vieles mehr erzeugt.

Die Endstufe solcher Konfrontationen sind gewalttätige Auseinandersetzungen. Menschen verletzen sich gegenseitig körperlich, um beim Gegenüber eine einsichtige Wirkung zu erzielen – das klingt auf jeden Fall plausibel. Nicht! Das Einzige, was man dadurch vielleicht bekommt, ist eine Art der Genugtuung. Lernen wird das Gegenüber vielleicht auch, aber das würde einem selbst nichts mehr bringen. Ich spreche mich wirklich komplett gegen Gewalt aus. Dass man seine völlige Kontrolle an sein Ego abgegeben hat, ist in solchen Momenten genauso sicher wie die Anzeige wegen Körperverletzung. Eine klassische Lose-lose-Situation.

NEHMT EUCH IM STREIT NICHT ZU ERNST

Weißt du, was das größte Problem mit dem Ego ist? Ich weiß schon lange, dass es da ist. Ich weiß, dass es mir oft negative Gefühle bereitet. Und trotzdem kann ich es nicht abschalten. Ich liebe meine Freundin über alles und trotzdem kommt es hin und wieder zu Situationen, in denen wir uns ohne Grund »anzicken«, weil beide in diesen Momenten vom Ego kontrolliert werden. Ich spreche hier nicht von einer Art Schizophrenie oder so. Es ist eher wie ein äußerer Einfluss, wie ein kleiner Wind, der das Denken in eine andere Richtung lenkt. Dennoch habe ich einen kleinen Trick gelernt, um in diesen Momenten etwas mehr Selbstbeherrschung zu bekommen: Als Erstes habe ich akzeptiert, dass man das Ego nicht ausschalten kann. Dafür wurde es uns zu lange antrainiert, dazu gleich mehr. Als Nächstes habe ich angefangen, mich selbst in Streitsituationen nicht mehr so ernst zu nehmen. Das gefällt dem Ego nämlich gar nicht! Wenn man erkennt, dass es gerade seine Finger im Spiel hat, dann fällt es einem leichter, mit der Situation umzugehen. Wie gesagt, zum kompletten Abschalten reicht es nicht. Sich aber bewusst zu machen, dass das ein temporärer Zustand ist, der in zehn Minuten wieder vorbei sein wird, hilft einem extrem. Mein Ziel in dieser Hinsicht ist es, an einen Punkt zu gelangen, an dem es mir völlig egal ist, wer in einem Streit »recht« hat. Ich will erreichen, einfach immer und ohne schlechtes Gewissen nachgeben zu können. Das klingt schwach für dich? Tat es anfangs für mich auch. Als ich aber länger darüber nachgedacht habe, schien es mir völlig klar, dass ich falsch lag. Letztendlich sind Streitsituationen nie der richtige Moment, um wichtige Dinge langfristig zu klären, weil eben dieses Ego involviert ist. In dieser Situation zu »gewinnen« bringt also keinen weiter. Es pusht das Ego fürs nächste Mal sogar noch mehr, ein Teufelskreis. Der Satz: »Du hast recht, es tut mir leid«, hätte insgesamt vermutlich schon unzählige Ehen, Freundschaften oder in extremen Fällen sogar Menschenleben gerettet. Und dabei sind das nur Worte. Sieben Worte, die uns aber leider so unglaublich schwerfallen, wenn das Ego erst mal aktiviert ist. Für die wichtigen Dinge, die einem auf dem Herzen liegen, sollte man auf ruhige, entspannte Momente warten, um sie anzusprechen.

Warum ist es eigentlich so schwer, sein Ego komplett auszuschalten? Wie gerade schon kurz gesagt: Weil es uns antrainiert worden ist. Weil wir es durch unsere Kultur und Erziehung lernen. Wir lernen, dass es gut ist, ein Ego zu haben. Auch wenn du deinen Vater noch nie gehört hast, wie er sagt: »Putz dir die Zähne, vergrößere dann noch dein Ego und ab ins Bett!« Das passiert wohl eher selten. Aber wir bekommen das Ego indirekt antrainiert. Eines der besten Beispiele dafür sind Notenspiegel von Klassenarbeiten. Kennst du das? Du bekommst eine Klausur zurück und schaust dir dein Ergebnis an. Der antrainierte erste Reflex ist es, wissen zu wollen, was die Klassenkameraden für Noten geschrieben haben. Also fragst du erst mal alle anderen, was sie haben. Dann geht auch schon der Lehrer an die Tafel und schreibt an, wie oft welche Noten in der Klausur erzielt worden sind. Und *bämm*, ist das Ego wach. In solchen Momenten kriegen die guten Schüler einen kräftigen Push des Egos und empfinden

Glück. Sie sind besser als die anderen. Bei den schlechten Schülern sieht das genau andersrum aus.

Ich funktioniere genauso. Wenn ich mit Kollegen Darts, Fußball oder Call of Duty spiele, will ich auch immer gewinnen. Es geht dann nicht ums Spielen oder den Spaß mit meinen Kollegen, sondern ums Gewinnen. Das ist so »normal«, dass man es gar nicht mehr hinterfragt. Wir werden mit so vielen Methoden dazu erzogen, möglichst viel zu leisten und gewinnen, um schlussendlich damit unser Ego zu beruhigen. Das ist »normal«, aber ich sehe darin eine Gefahr. Ich gebe dir ein Beispiel aus meiner Welt, du kennst aber bestimmt ganz ähnliche. Viele meiner YouTube-Kollegen haben mit ihrem großen Erfolg über die Zeit ein Ego entwickelt, das es mir unmöglich macht, mit diesen Menschen Zeit zu verbringen. Mit ihrem ständigen Selbstlob über beispielsweise Geld und Sexbeziehungen zwingen sie regelmäßig auch mein Ego dazu, zu handeln und sich sozusagen »gleichzustellen«. Du kennst bestimmt auch so jemanden. Man versucht dann automatisch, sich auf dasselbe Level zu heben. Das Traurige ist, dass am Ende beide dabei ein schlechtes Gefühl haben und sich ihre eigenen Storys nicht mehr abkaufen. Seit ich verstanden habe, warum das alles so ist, habe ich mich von vielen Menschen distanziert. Zu oft wurde ich vom Verhalten dieser Leute unglücklich. Es sind aber oft genau solche Menschen, die selbst unzufrieden sind. Man spricht hier gerne davon, dass sie etwas »kompensieren« müssen. Ratet mal, was das ist. Genau: ihr Ego. Ich würde dir empfehlen, so viel Zeit, wie es geht, mit Menschen zu verbringen, die dich glücklich machen. Wenn du nur

Leute kennst, die ein massives Egoproblem haben, wird auch dein Ego stark angegriffen. Ich habe den kleinen Tick, mein Umfeld dauernd zu analysieren. Mir sind wirklich schon komplette Freundschaften aufgefallen, die fast ausschließlich darauf basieren, sich dauernd gegenseitig zu überbieten und anzustacheln. Ich frage mich immer, ob die Beteiligten überhaupt positive Momente mit diesen Freundschaften verbinden oder ob alles eine traurige Gewohnheit ist. Es gibt sogar solche Liebesbeziehungen.

ICH STELLE MEIN GLÜCK IN DEN VORDERGRUND

Das Ganze bedeutet, dass ich letzten Endes fast nur Dinge tue, die mich glücklich machen. Ich stelle mein Glück in den Vordergrund. Das muss nicht jedem gefallen, aber es ist für mich das wichtigste Kriterium. Es ist nicht Geld oder Ansehen. Es ist Glück. Kennst du diese Szene aus dem Film »Titanic«? Es gibt da so ein reiches A*schl*ch, welches den Schiffsuntergang überlebt. Er hält sich während des ganzen Films für etwas Besseres. Am Ende erfährt man, dass er sich einige Jahre später selbst umbringt, weil er sein ganzes Geld verloren hat. Davon spreche ich. Viel Geld hat ihn nicht glücklich gemacht – sondern abhängig. Ich habe immer versucht, keinen Höhenflug zu bekommen, egal wie viele Abonnenten mich für Selfies und Autogramme angesprochen haben. Denn ich weiß, es wird der Tag kommen, an dem das alles weg sein wird. Und dafür will ich bereit sein. Daran will ich nicht kaputtgehen. Mein Ziel ist es, mein eigenes Ego nicht so ernst zu nehmen und es immer früh zu erkennen. Mehr liegt nicht in meiner Macht.

Alles im Leben hat zwei Seiten. Wenn ich zum Beispiel an gute Momente denke, sind das sehr oft welche, in denen ich etwas gewinne oder zumindest besser bin als andere. Das ist dann natürlich auch pures Ego. Als ich vor fünftausend Leuten, die extra für mich und zwei Kollegen nach Berlin gekommen sind, auf die Bühne gegangen bin – ein Ego-Moment. Es hat förmlich geschrien »Ey, guckt mich an! *Ich* stehe hier vor euch auf der Bühne!« Okay, an dem Tag war ich auch verdammt noch mal nervös, haha. Aber ich denke, du verstehst, was ich meine. Jedes YouTube-Video ist quasi eine Ego-Aktion. Ich gebe mich aber damit zufrieden, die guten Gefühle mitzunehmen. Trotzdem halte ich mir meine Motive und Gedanken immer vor Augen. Quasi dauerhafte Selbstreflexion. Dadurch verliere ich mich nicht an mein Ego, sondern erkenne es. Dann kann es zwar immer noch tun, was es will, wird aber von mir beobachtet.

Vergiss bitte nicht, dass ich dir hier keinen Scheiß auf Ratgeberebene erzählen will. Ich gebe dir nur die Tipps, dir mir selbst geholfen haben. Beobachte deine Gedanken und Gefühle einfach dauerhaft. Kleiner Tipp: Frage dich, wie es dir geht. Ist dein Ego gerade aktiv? Wenn du dich unwohl fühlst, dann ändere etwas. Wenn sich jemand dir gegenüber nicht korrekt verhält, gib ihm das zu verstehen. Vielleicht ist auch gerade sein Ego – unnötiger Weise – am Start. Es gibt wenige *wirklich* böse Menschen, mach dir das mal klar. Es gibt nur leider auch fast niemanden, der vollkommen unabhängig von seinem Ego ist …

LEKTION 5

OFFENHEIT
IST
PFLICHT

Ich habe eben etwas erwähnt, das für viele Menschen eine unglaubliche Blockade darstellt. Es geht darum, jemanden offen darauf anzusprechen, wenn dich etwas nervt. Ich bin der festen Meinung, dass man so etwas nicht herunterschlucken darf. Vor allem nicht, wenn es häufig vorkommt. Also: Sag es deinem Gegenüber. Direkt. Sag, dass er sich nicht korrekt verhält. Das ist aber nicht die einzige Situation, in der dich Offenheit weiterbringt. Dieses Kapitel soll dir zeigen, wie sehr das Offensein mein Leben verändert hat.

Ich schwöre dir, wenn ich immer einen Euro bekommen würde, wenn mir jemand vorspielt, gut gelaunt zu sein, dann wäre ich schon Millionär. Es ist faszinierend, wie krass manche Menschen schauspielern können, nur um nicht sagen zu müssen, dass ihnen etwas nicht passt. Kennst du das? Du sitzt mit jemandem in einem Raum, den du noch nicht so gut kennst. Das erste Date ist ein perfektes Beispiel. Es beginnt ein lustiger Tanz aus Smalltalk und komischen Situationen. Ihr seid beide nervös, schließlich wollt ihr bei der fremden Person einen guten Eindruck hinterlassen (ein guter Eindruck? Klingt nach Ego, haha). Was würden beide aber niemals tun? Einfach mal sagen: »Ey sorry, ich finde die Situation gerade echt peinlich und weiß gar nicht, was ich sagen soll.« Beide haben Angst, sich damit zu krass zu öffnen. Für viele wäre vermutlich sogar Sex unpersönlicher, als diese Sache zugeben zu können, haha. Das Lustige ist, dass genau diese Handlung den Druck aus der Situation nehmen würde. Danach wäre alles entspannter. Lieber tun beide aber so, als ob es ihnen perfekt geht, und fragen sich auf dem Weg nach Hause, warum es zu keinem guten Gespräch kam.

Ganz einfach! Wie soll man sich denn gut unterhalten, wenn man dauerhaft damit beschäftigt ist, seine Wand der Verschlossenheit zu festigen? Das ist ein typisches Beispiel für dieses Kapitel.

ICH WOLLTE MEHR ERFOLG BEI FRAUEN. BEKOMMEN HABE ICH VIEL MEHR

Um es auf den Punkt zu bringen: Mich hat im Leben *nichts* weitergebracht als Offenheit. Darauf bin ich besonders stolz (Ego-Move, okay, ich lasse das jetzt mit den Klammern, haha). Solche Situationen, wie das Beispiel eben, o mein Gott. Sie haben mich so fertiggemacht. Wie krass habe ich mich nach dem allerersten Date meines Lebens gehasst. Als sie gegangen ist, konnte ich mich an kein echtes Gespräch erinnern. Und das lag nicht nur daran, dass ich so unglaublich nervös war, sondern auch daran, dass wir einfach kein echtes Gespräch geführt hatten! In den Filmen läuft immer alles so locker und ich kriege es nicht hin, wenigstens einmal was Nettes zu sagen. Das ist nämlich das Schlimmste daran. Wenn man seine Mauer aufrechterhält, sagt man nur wenig. Und wenn man seinen Mund hin und wieder aufkriegt, dann kommt meistens nur irgendein Standardzeug, das keinen weiterbringt. Man will bei einem Date Spaß haben und nicht über das Wetter reden. Zum Zeitpunkt dieses ersten Dates hatte ich bereits circa 50 000 Abonnenten auf YouTube. Ist das nicht krass? Mit jedem Video ein Fußballstadion zu unterhalten, kein Problem. Ein Abend mit einem Mädchen zu verbringen, unmöglich. Ich war echt ein absoluter Spätzünder. Schon lustig.

Ich konnte das so nicht mehr, es musste sich etwas ändern. Meine Verschlossenheit und meine Nervosität standen mir voll im Weg. Also habe ich mir damals einen Haufen Dating-Ratgeber gekauft und nacheinander verschlungen. Ich dachte, dass ich hier Antworten finde. Warum das hier alles in Richtung Dating geht, fragst du dich? Das kann ich dir sagen: Denn gesucht hatte ich nach einem Buch, um mehr Erfolg bei Frauen zu haben, bekommen habe ich aber viel mehr. Meine ganze Persönlichkeitsentwicklung hat in dieser Zeit begonnen. So was hat für mich nichts mit Schwäche zu tun. Wenn damals jemand darüber gelacht hat, war das okay. Ich weiß für mich, wohin mich das alles gebracht hat.

Das Thema Offenheit ist in Bezug auf Frauen der größte Trick, um erfolgreich zu sein. Da bin ich mir mittlerweile absolut sicher. Man(n) muss einfach man selbst sein. Einfach auch mal sagen, dass man nervös ist. Das wird dich von allen anderen abheben, weil sich das fast niemand traut. Seit ich so denke, gab es diesbezüglich auch keine Probleme mehr. Meine Freundin hat zu Beginn unserer Beziehung zu mir gesagt: »Mit deiner offenen Art hast du mich bekommen. Du sagst einfach, was du empfindest. Ich finde, das ist sehr ehrlich.«

Irgendwann habe ich begriffen, dass das nicht nur bei Frauen klappt. Es klappt bei jedem. Offen zu sein, heißt für mich nämlich vor allem eins: Wenn man etwas Nettes sagen möchte, tut man es einfach. Dann habe ich angefangen, meinen besten Freunden zu sagen, dass ich sie brauche. Wenn jemand korrekt zu mir war, war ich es zehnfach zu ihm. Es ist einfach ein schönes Gefühl, jemandem etwas Nettes zu sagen, und man wirkt auf andere Menschen automatisch viel sympathischer. Sag jemandem, der dir wichtig ist (kann ein guter Kumpel sein), dass er dir wichtig ist. Klingt in dem Satz bescheuert, aber genau diesen Schritt schaffen viele nicht. Es bringt euch aber auf einen ganz anderen Level. Mich hat dieses Verhalten zu einem Punkt gebracht, an dem viele meiner Freunde mit ihren Problemen zuerst zu mir kommen. Meine Freundschaften sind dadurch viel tiefgründiger geworden.

Ich habe aus Spaß mal zwei Wochen bei meinem Kumpel Omid gewohnt. Wir sind zueinander die beiden ehrlichsten und offensten Menschen, die ich kenne. Manchmal nerven wir dadurch aber auch unsere anderen Freunde, haha. Ich erinnere mich an Situationen, in denen andere Leute dachten, dass wir gerade streiten oder uns beleidigen. Stell dir vor, zwei deiner Kollegen sitzen sich beim Essen gegenüber und einer sagt: »Deine Haare sehen heute echt gut aus, so könntest du auch endlich mal ein Mädchen abbekommen.« Darauf antwortet der andere: »Mit deiner Nase kannst du froh sein, dass sich überhaupt Menschen für dich interessieren.«

Das kennst du bestimmt auch. So eine Bindung hat man oft zu seinem besten Freund. Aber warum? Ich sage es dir. Weil man irgendwann diesen Punkt der Offenheit erreicht. Jetzt stell dir vor, du könntest mit fast jedem auf diesem Level sein. Das macht einfach Spaß und man lernt vieles über seine Mitmenschen.

Doch wie gesagt, ist es für viele nicht so einfach mit der Offenheit. Der Punkt ist: Zu Offenheit gehört Ehrlichkeit. Und für viele Menschen ist das ein Problem. Es ist krass, wie viele Menschen sich heftig ins Gesicht lügen. Und dabei möchte ich betonen, dass ich auch kein Engel bin, haha. Hin und wieder zu lügen, gerade bei Kleinigkeiten, gehört einfach dazu. Man sollte sich aber klarmachen, wann es sich selbst und anderen mehr schadet, als es nützt. Persönlich habe ich versucht, das Lügen so krass zu minimieren wie möglich. Bei Ehrlichkeit spreche ich von der grundsätzlichen Fähigkeit, sich in zwischenmenschlichen Beziehungen nicht zu viel Mist zu erlauben. Denn wie soll man sich offen verhalten, wenn man das Gegenüber ständig mit Lügen füttert? Das geht nicht. Irgendwann spielt man nur noch eine Rolle, wenn man zu oft gelogen hat. Die meisten Menschen erkennen, wenn sich jemand nicht authentisch verhält.

Eine tiefe Bindung kann dann nicht mehr entstehen. Man muss ganz klar zwischen zwei verschiedenen Formen des Lügens unterscheiden. Wenn du am Freitag in der Schule eine Fünf bekommen hast und sie deinen Eltern erst Montag zeigst, ist das eine *kleine* Lüge. So was bezeichne ich als Lüge der Kategorie 1. Die zeitliche Verzögerung ändert dadurch nichts an der Sache, dass sie von der Note erfahren. Und jeder Mensch will ein schönes Wochenende, haha. Solltest du die Note jedoch fälschen und ihnen dadurch etwas vorspielen, ist das für mich jedoch eine Lüge der Kategorie 2, also eine *große* Lüge. Mit einer Lüge dieser Kategorie baust du ein falsches Gerüst auf, auf dem weitere Lügen folgen werden, um es aufrechtzuerhalten. Zu solchen Lügen gehören auch

Dinge wie fremdgehen (ohne es zuzugeben), Freunden etwas vorspielen, die Familie ausnutzen. Lügen der Kategorie 2 entschärfen Situationen nicht, vielmehr verschlimmern sie sie sogar. Ich glaube, dass die Wahrheit immer ans Licht kommt, und das ist auch gut so. Wenn du dich erst mal auf diese Seite des Lebens begeben hast, auf der du sogar Eltern und Freunde belügst, verlierst du automatisch deine Offenheit. Dann hast du eine Rolle in einer schlechten Sitcom, die leider keinen geschriebenen Text hat. Lass das sein. Wenn du richtig Mist gebaut hast, dann gib es einfach zu. Das ist nicht einfach, aber viel besser, als ein wackeliges Gerüst aus großen Lügen aufzubauen, das sowieso irgendwann über dir zusammenstürzen wird.

SUCHE NICHT NACH DINGEN, DIE DU NICHT FINDEN WILLST

Das heißt natürlich nicht, dass es Spaß macht, solche Dinge zu beichten. Manchmal tut die Wahrheit eben weh, das ist so. Deshalb habe ich ein kleines System entwickelt, um nicht allzu sehr auf die Ehrlichkeit meiner Mitmenschen angewiesen zu sein und ruhig schlafen zu können: Ich stöbere ihnen nicht hinterher. Wenn man sich nämlich auf die Suche nach Lügen macht, wird man welche finden. Wir sind nun mal Menschen und Menschen lügen ab und zu. Das sind dann zu neunundneunzig Prozent welche aus der Kategorie 1, also kleine Lügen. Wenn man sich vor Augen hält, dass uns die meisten Menschen mit kleinen Lügen einfach davon abhalten wollen, unglücklich zu sein, finde ich das gar nicht mehr schlimm. Warum sollte ich mich von Kleinigkeiten verrückt machen lassen, wenn mir die kleine Lüge meiner Mitmenschen vielleicht sogar hilft? Ob mein Kollege mir jetzt absagt, weil er wirklich »keine Zeit« hat, wie er es mir sagt, oder ob »keine Lust« dahintersteckt, so was soll mich nicht mehr aufregen. Seitdem ich so denke, geht es mir deutlich besser. Daher sind hier meine beiden Tipps: Erstens: Nimm die kleinen Lügen der Kategorie 1 nicht so wahnsinnig ernst, sie sollen dich schützen. Zweitens: Suche nicht nach Dingen, die du nicht finden willst.

Ich bin ehrlich zu dir: Wenn meine Freundin ohne mich feiern ist und im Club von anderen Typen angesprochen wird, dann ärgert mich das. Obwohl die Typen in dem Moment nichts von mir wissen. Das ist eine Ego-Schwäche meinerseits. Ich habe dann einfach aufgehört, sie danach zu fragen, ob sie angesprochen wurde. Das bringt mir zwei Vorteile. Erstens zwinge ich sie nicht, eine kleine Lüge anzuwenden, um mich zufriedenzustellen. Zweitens erkenne ich damit an, dass ich so was nicht ändern kann, und das entspannt mich. Unwissenheit schützt vor Unglück, sozusagen.

Aber, das gilt nur für kleine Dinge. Würde sie mir eine monatelange Affäre verschweigen und ich fände irgendwann eine Boxershorts, die nicht mir gehört, ist das was anderes. Dann wüsste ich, dass sie die Monate davor nicht offen zu mir war. Und das wäre eine Eigenschaft, die mich extrem von Menschen distanziert.

Offen und ehrlich zu sein wird dir im Leben alle Türen öffnen. Du wirst jeden Partner, jeden Job, jede Wohnung und alles andere bekommen, was du willst. Gestern habe ich im Supermarkt »Gesundheit« gesagt, als ein fremder Mann niesen musste. Er hat mich danach angeschaut, als hätte ich ihm eine Niere gespendet, und sich bedankt. Auf diese Weise wirst du gute Freunde kennenlernen, immer deine Emotionen mitteilen können und garantiert ein freierer Mensch werden. Die Leute werden ihre Finger nicht von dir lassen können, sie werden dich einfach so lieben, wie du bist. Authentizität nennt man das. Es ist ein seltenes und kostbares Gut in dieser heutigen Welt.

LEKTION 6

DAS GA

NZE
SEHEN

Offenheit in Kombination mit dem, was ich in diesem Kapitel schreibe, bringt dich noch eine Stufe weiter. Es macht dich sozusagen »unbesiegbar« gegen schlechte Gefühle, die dir andere Menschen zufügen könnten. Natürlich werden dich trotzdem auch mal Streitereien mit deinem besten Kumpel oder anderen Menschen nerven. Aber du wirst besser auf solche Situationen zugehen und vor allem: sie auch anders verlassen. Ich habe mit diesem Trick gelernt, Menschen fast gar nicht mehr zu verurteilen, kaum zu lästern und nicht nachtragend zu sein. Dazu musste ich nur das Ganze sehen.

Mit dem »Ganzen sehen« meine ich, eine Situation unter Berücksichtigung aller Beteiligten zu analysieren und deren Motive zu erkennen. Das klang mir jetzt selber ein bisschen zu viel nach Fachsprache, ich erkläre es noch mal anders, haha. Mir steigt das ganze »Autorsein« wohl schon zu Kopf. Was ich dir in diesem Kapitel sagen will: es ist wichtig, sich in andere Menschen hineinversetzen zu können. Das nennt man Empathie.

Stell dir vor, du müsstest in einer Universität die wichtigste Klausur deines Lebens abgeben und es ist nur noch eine Minute Zeit. Als du bei dem Professor, der die Klausur überwacht, ankommst, sagt er, es sei zu spät, und lässt dich durchfallen. Du weißt aber, dass das nicht stimmt. Was würdest du dann am liebsten mit ihm machen? Ich wüsste, dass mein Ego von mir verlangen würde, ihm einen heftigen Roundhouse-Kick zu verpassen und wie Chuck Norris aus dem Raum zu gehen. Da ich das aber nicht zulassen würde, kommt es zur zweiten Option: eine fette Diskussion, weil eine Sache passiert, die ich nicht in Ordnung finde. Bei dem ganzen Ego-Thema darf man nicht vergessen, dass es trotzdem okay ist, Dinge anzusprechen, die einen unglücklich machen, ganz klar. Da meiner Erfahrung nach Diskussionen mit Autoritätspersonen jedoch selten funktionieren, würde ich am Ende wohl wütend und traurig nach Hause gehen. In diesem Moment verflucht man diesen Menschen. Das ist völlig normal, das ist einfach so. Aber was wir jetzt ändern wollen, ist Folgendes: Tage später noch krass sauer auf diesen Menschen zu sein und dadurch weiteres Unglück anzuziehen. Mein Ziel ist es, nicht mehr nachtragend zu sein. Das ist eine wichtige Sache. Dass man schnell mit so was abschließen und weiter machen kann. Dafür versuchen wir jetzt mal, das Ganze zu sehen.

Die Frage, die wir uns stellen, ist: Was ist das Motiv dieses Menschen gewesen, um mir dieses Unglück zuzufügen? Erst mal muss uns klar werden, dass er nicht mit dem Gefühl aufgestanden sein wird: »Heute versaue ich jemandem mit Absicht den Tag!« Solche Menschen kann es natürlich auch geben, aber das wird die Seltenheit sein. Kaum jemand tut von sich aus etwas Böses, aber dazu gleich mehr. Stell dir vor, dass der Professor schon zehn Mal Ärger vom Direktor bekam, weil er zu oft ein Auge zugedrückt hat. Vielleicht war er sich nicht sicher, ob die Zeit abgelaufen war, und konnte das nicht mehr zugeben, um vor dir als Schüler nicht »schwach« zu wirken. Oder er hatte sowieso schon den schlechtesten Tag, den man sich vorstellen kann, mit drei Strafzetteln und vier anderen Studenten, die seine Gutherzigkeit ausgenutzt haben.

Allein dieser Gedanke ändert die komplette Situation. Natürlich ist man immer noch durchgefallen, aber es entwickelt sich im besten Fall ein bisschen Verständnis. Dies ist ein ausgedachter Fall, aber solche Situationen funktionieren immer gleich. Menschen erleben und erleben und erleben und erleben und erleben so unglaublich viele Dinge, die ihre Reaktion in einer Situation mitbestimmen. Das Ganze zu sehen bedeutet, genau *das* zu erkennen. Mein bester Kumpel Anton ist mir YouTube-technisch mal ganz schön in den Rücken gefallen, in dem er unser gemeinsames Team verlassen hat, um zu einem anderen zu gehen. Das klingt natürlich, als wäre es keine große Sache. Aber für mich war das damals extrem krass und verletzend. Trotzdem bin ich heute null nachtragend – weil ich weiß, dass er es nicht aus böser Absicht gemacht hat, sondern weil er für sich »gute« Motive hatte. In dem anderen Team hatte er einfach mehr Perspektiven und es wurden ihm Versprechungen gemacht. Als YouTuber willst du nun mal erfolgreicher werden und dafür tust du alles. Mit diesen Gedanken fällt es einem leicht, verzeihen zu können. Menschen tun in den meisten Fällen das Beste für sich selbst. Das finde ich völlig in Ordnung. Ich höre so oft, wie jemand sagt: »Person X ist böse und will alles kaputt machen!« Wenn man das Ganze sieht, weiß man aber, dass jeder aus seiner eigenen Sicht richtig handelt. Die wenigsten werden denken: »Ich mache jetzt mit Absicht alles kaputt, was du hast.« Jeder macht einfach, was ihm am meisten bringt, und achtet nicht direkt darauf, wie es den anderen damit geht. So klingt das direkt positiver. Viele Menschen werden auch über dich schon mal so gedacht haben. Über mich auch. Aber, ich wette Folgendes: Du hast noch nie bei einer Handlung gedacht, dass du gerade absichtlich alles falsch machst, um jemandem wehzutun. Wenn man das anerkennt, kann einen kaum etwas lange beschäftigen, was andere tun.

Wenn ein Mann einer Frau fremdgeht, denkt er dabei sicher nicht, wie geil er es findet, sie zu verletzen. Diese Vorstellung macht ihn kaputt. Menschen sind keine bösen Geschöpfe. Sie tun aber oft Dinge, die unseren eigenen Vorstellungen nicht entsprechen. Dann fangen wir an, sie böse zu nennen, nachtragend zu sein, Urteile zu fällen und zu lästern. An dieser Stelle beginnen auch Dinge wie Rassismus und Fremdenfeindlichkeit. Mir als YouTuber begegnet so was auch sehr häufig. Als ich an meinem Geburtstag im Dezember 2016 ein Musikvideo veröffentlicht habe, kam eine besondere Art der Kommentare sehr oft vor. »Du darfst keine Musik machen, du bist YouTuber. Die machen das nur für Geld und Klicks.« Das ist ein typischer Fall davon, wenn jemand von irgendwem mal irgendwas gehört hat und dann anfängt, andere Leute zu verurteilen, einfach aus ... ja, weshalb eigentlich? Vermutlich eine sehr engstirnige Sicht, also das Gegenteil davon, das Ganze zu sehen. Meine Leidenschaft für Musik, die ich auch jahrelang in Videos preisgegeben habe, war ihnen in diesem Moment völlig egal.

LEBEN UND LEBEN LASSEN

Auch das Lästern über andere Menschen ist so ein Fall. Wir verurteilen Menschen für einzelne Handlungen, ohne das Ganze zu sehen. Manche Schüler werden zum Beispiel ausgelacht, weil sie keine besonders modische Kleidung haben. Das wird in den wenigsten Fällen Absicht sein. Dass die Familie dieser Kinder einfach wenig Geld besitzt, was solchen Luxus einfach nicht zulässt, wird von den Lästermäulern dann nicht berücksichtigt. Ich möchte dich darum bitten, nicht vorschnell zu urteilen oder zu lästern, sondern erst mal ein eigenes Bild zu bekommen. Wenn dir dann etwas nicht passt, dann sag es der betreffenden Person ins Gesicht. Falls es dich aber gar nicht betrifft, lass die Person einfach in Ruhe. Was geht es dich zum Beispiel an, ob jemand Markenklamotten trägt oder nicht? Das hat nichts mit dir zu tun. Oder was würde es bringen, wenn du Bushido auf seiner Facebookseite schreibst, dass du seine Musik hasst. Das ändert nichts in deinem Leben – und auch nichts in Bushidos! Daher liebe ich folgendes Motto: Leben und leben lassen.

Man muss nicht jede Meinung, die man sich mal schnell aufbaut, direkt jedem mitteilen. Hinterfrage dich einfach selbst in solchen Momenten, dann wirst du wissen, ob du etwas wirklich ansprechen musst. Wenn jemand im Fußballstadion vor dir sitzt und die ganze Zeit eine Fahne schwingt, obwohl du das Spiel sehen willst, dann betrifft es dich und dann kannst du es auch sagen. Aber Lästern erzeugt eine extrem negative Energie, das ist mir schon voll oft aufgefallen. Wie sonst könnten sich kleinere Lästereien sonst zu feindlichen Handlungen verwandeln? Das ist wie mit den Lügen der Kategorie 2. Man rutscht auf einmal in diesen Läster- und Urteilsmodus, ohne die Situationen zu analysieren. Schau einfach manchmal in dich hinein und frage dich, ob dein Ego in solchen Momenten wirklich richtig liegt oder ob du mal wieder einen Schritt zu weit im Kopfkino warst.

LEKTION 7

VERGLEICHEN IST UNGESUND

LEKTION 7

VERGLEICHEN IST UNGESUND

Wenn man darüber nachdenkt, sieht man, dass Lästern im Grunde nicht nur aus der Nicht-Übersicht einer Situation besteht, sondern auch oft aus einem großen Teil Neid. Woher ich das weiß, wirst du dir sicher schon denken können. Ich würde gerne wissen, wie oft ich im Internet schon beleidigt wurde. Ich übertreibe nicht, wenn ich von über einer Million Mal spreche, die ich schon aufs Übelste verbal angegriffen wurde. Man spricht auf YouTube und Social Medias vom Trend des »Hatens«. Haten heißt lustiger Weise jedoch nicht »hassen«, sondern »neiden«. Deshalb würde sich auch kein Hater je als Hater bezeichnen. Dann würde er seine eigene Handlung ja direkt richtig einstufen, als Handlung des Neids. Ich bin jetzt nicht so drauf, dass ich mir das selbst schön zurechtrede und es immer nur darauf schiebe. Es gibt natürlich auch einfach Menschen, die mich nicht leiden können und denken, mir das mitteilen zu müssen, das ist in Ordnung. Diese Menschen haben sicherlich oft einen Hintergrund, der sie dazu zwingt, oder andere Probleme. Negativität wächst nicht einfach so, deshalb versuche ich das Ganze zu sehen und auch, wenn es manchmal sehr wehtut, im Kopf keinen Hass gegen solche Menschen zu entwickeln.

Kommen wir aber zurück zum Begriff »Neid«. Was tut jemand, der neidisch auf jemanden ist? Ich meine den Schritt im Kopf, der passieren muss, bevor jemand einen Hate Comment schreibt. Damit es überhaupt dazu kommt, dass Neid entsteht, muss erst mal ein Vergleich stattfinden. Die neidische Person vergleicht sich selbst mit dem Gegenüber und sieht dort Gegenstände, Verhaltensweisen und mehr, die sie auch gerne in ihrem Leben hätte. Was passiert in solchen

Momenten? Die neidische Person denkt, wenn sie das hätte, was die andere Person hat, wäre sie glücklicher. Da haben wir zwar mal wieder den Beweis, dass das Glück für jeden an erster Stelle steht, auf der anderen Seite ist das ein sehr gefährlicher Gedanke.

Diese Denkweise zeigt sofort, dass diese Person mit der momentanen Situation nicht zufrieden ist und woanders hinmöchte. Versteh mich nicht falsch: Wir Menschen sollten schon darauf achten, uns Ziele zu setzen, damit wir einen Fortschritt erkennen. Ich schreibe dieses Buch ja zum Beispiel auch, weil es mich weiterbringt und mir einfach extrem gute Momente schenkt. Trotzdem sollte das unabhängig von dem passieren, was andere machen oder haben. Sich in jemand anderen reinzudenken und haben zu wollen, was er oder sie hat, wird uns niemals zufriedenstellen. Wir sollten Dinge anstreben, weil wir sie selbst wollen, und nicht, weil jemand anders sie schon hat. Lustiger Weise wollen wir sehr oft Dinge nur haben, eben *weil* sie schon jemand hat. Das geht mir oft auch so und wenn die Phase dann vorbei ist, erkenne ich, dass ich es eigentlich gar nicht selbst wollte.

Wir sehen in diesen Momenten des Vergleichens niemals, wirklich niemals, das Ganze. Wir vergessen nämlich dabei, dass alle Menschen uns nur das zeigen, was sie uns zeigen wollen. Sich mit Hollywoodstars zu vergleichen, macht deshalb schon absolut keinen Sinn. Wir denken, wir wüssten so viel über sie: Sie haben tolle Autos, tolle Partner, tolle Häuser, tolle Partys, und, und, und. Das sind sicher alles coole Dinge. Was wir in solchen Momenten aber weglassen, sind der Stress und der Druck, den sich diese Menschen machen. Es sind doch oftmals diese Menschen, mit denen sich jeder vergleicht, die selbst am unglücklichsten sind und beispielsweise zu Drogen greifen, um sich wenigstens etwas gut zu fühlen.

MEINE SCHMUTZIGE ABSTELLKAMMER ZEIGE ICH NICHT

Sobald ich eine sogenannte Roomtour (eine kleine Tour durch meine Wohnung) oder Sonstiges auf YouTube hochlade, sind diese »Vergleicher« immer am heftigsten in den Kommentaren zu finden. Das geht dann so: »So eine tolle Wohnung hast du nicht verdient« oder: »Man, wie gerne ich so eine Wohnung hätte, du hast ein Traumleben.« Mit mir vergleichen sich demnach viele Menschen und orientieren sich an mir. Während ich das schreibe, bin ich richtig glücklich, dir die Situation mal von der Position des »Verglichenen« zu zeigen. In solchen Momenten zeige ich nämlich auch nur, was ich zeigen will. Wenn ich meine Wohnung zeige, liegen die Rechnungen und Verpflichtungen in den Schubladen. Das ist ein ziemlich guter Vergleich. Weder würde ich dir die Briefe vom Finanzamt, noch meine schmutzige Abstellkammer zeigen wollen. Auch, dass ich manchmal stundenlang verzweifelt nach Videoideen suche, verschweige ich meinen Zuschauern. Jeder zeigt nur, was er zeigen will. Daraus lässt sich schließen, dass sich ein Vergleich niemals lohnen kann.

Mich haben vor einiger Zeit mal einige YouTuber-Kollegen überholt, das heißt, sie hatten auf einmal mehr Abonnenten als ich, obwohl ihre Kanäle früher deutlich kleiner waren. Ich habe in diesen Momenten auch gespürt, dass ich gerne mit ihnen tauschen würde. Ich war auch neidisch für einige Momente. Wirklich. Doch dann ist mir aufgefallen, dass das nicht sein muss. Ich war ja auch mal größer als die und habe mich dadurch nicht besser oder wichtiger gefühlt. Warum sollte ich mich jetzt mit ihnen vergleichen, das bringt mir doch nichts.

Das zeigt direkt das nächste Problem mit dem Vergleichen. Im Kapitel über das Ego habe ich schon von meinem Lieblingsbeispiel, dem Notenspiegel, geschrieben. Wir Menschen haben einen sehr lustigen (ja, das ist Ironie) Reflex entwickelt, der uns während der Erziehung richtig schön reingeprügelt wird. Dazu ein Beispiel: Marcel hat zwei Klassenkameraden. Einer davon heißt Anton und einer Cem. Anton ist dafür bekannt, in jeder Klausur eine Fünf zu schreiben. Cem ist hingegen dafür bekannt, jede Klausur mit einer Zwei plus zu absolvieren. Die drei bekommen eine Matheklausur von der Lehrerin zurück. Marcel hat eine Vier. Marcel geht nach Hause und berichtet seinem Vater von dem Ergebnis. Quizfrage: Wird der Vater eher fragen, was Anton oder was Cem in der Klausur hatte? Richtig, er wird nach Cem fragen. Er würde das tun, um Marcel ein schlechtes Gewissen einzureden, weil er ja weiß, dass Cem immer gute Noten schreibt. Wir selbst fühlen uns aber besser, wenn wir uns mit Anton vergleichen.

Ich würde sagen, beides davon ist nicht optimal. Der Vater hat gewissermaßen recht, wenn er sagt, dass wir uns an Cem orientieren sollten. Leider ist es halt immer noch so, dass gute Noten uns mehr Chancen geben zu machen, was wir wollen. Mein eigenes Leben zeigt aber auch, dass das nicht immer stimmt. Sind wir mal ehrlich: Für YouTube hätte ich kein Abitur gebraucht. Versteh mich nicht falsch, ein Abitur oder Studium zu haben, ist eine gute Grundlage. Aber es ist eben nicht der *einzige* Weg im Leben. Zurück zum Beispiel. Wenn wir uns mit Anton vergleichen, der eine Fünf geschrieben hat, fühlen wir uns durch unser Ego besser. Das wäre bei jedem so, ist ganz normal. In dieser Hinsicht finde ich es irgendwie ekelig, dass dieses Ego vorhanden ist. Wir genießen dieses Gefühl, uns für etwas Besseres zu halten. Hier empfehle ich wieder, diesen Impuls zu erkennen und aktiv wahrzunehmen. Mehr liegt nicht in unserer Macht. Worauf ich hinaus möchte, ist, dass so ein Notenspiegel am Ende des Tages lediglich für eines sorgt: Druck. Neben der eigenen schlechten Note wird Marcel auch noch gezeigt, dass die meisten besser sind als er.

Kleiner Seitenhieb aufs Schulsystem: Check. Aber wirklich: Wie lächerlich ist es, dass 16-jährige Menschen überhaupt in Zensuren eingestuft werden, die zeigen, ob sie gut in Äquivalenzrelationen (Mathe) sind oder die Definition des endoplasmatischen Retikulums beherrschen. Und dann müssen sie sich zusätzlich mit diesen Zensuren ihr *Leben lang* bewerben: völlig krank.

Zurück zum Thema »Vergleichen«. Ich habe mal von einer Studie gelesen, die ich hier einfach noch erwähnen muss. Die Leute wurden gefragt, ob sie lieber 2000 Euro monatlich verdienen wollen würden, während die Nachbarn 4000 Euro bekämen, oder ob sie nur 1500 Euro verdienen würden, während die Nachbarn noch weniger, nämlich 1000 Euro, bekämen.

Die meisten Leute würden lieber selbst weniger bekommen, wenn die Nachbarn noch weniger verdienen würden. Total verrückt! Aber das passt ganz gut zu dem, was ich beobachte. Menschen zeigen nun mal gerne so lange, was sie haben, bis endlich jemand neidisch reagiert. Letztlich geht es um das eigene Ego, das man so aufpoliert, und manchmal erkenne ich solches Verhalten auch bei mir. Zum Glück konnte ich das aber echt minimieren, weil ich es mir jedes Mal vor Augen geführt habe, dass ich mich gerade vergleiche. Und ob nach »oben« oder »unten«, ist dabei völlig egal.

LEKTION 8

FAME UND GELD

Endlich. Wir kommen zu dem Kapitel, auf das ich mich wohl am meisten gefreut habe. Um dir das alles so zu erklären, wie ich es mir vorstelle, muss ich mal wieder etwas ausholen. In der Einleitung dieses Buches habe ich bereits beschrieben, in welcher Situation ich mich Mitte 2014 befand. Ich fasse das noch mal kurz für dich zusammen: zwanzig Jahre alt, fünf- bis achttausend Euro pro Monat, sehr bekannt bei Jugendlichen, heftige Wohnung mit bestem Freund in Köln, morgens nicht früh aufstehen müssen.

Das war also dieses »Traumleben«. Warum die Anführungszeichen? Weil es das nicht war. Mir wurde immer wieder eingeredet, dass dies das perfekte Leben sei. Aber Moment mal, von wem denn? Genau, von Leuten, die sich erstens mit mir verglichen und zweitens auf keinen Fall das Ganze gesehen haben. Hinter der glücklichen Fassade ging es mir zu dieser Zeit so schlecht wie noch nie in meinem bisherigen Leben. Ich wusste damals einfach nicht, worauf es ankommt. Das soll nicht abgehoben klingen, aber das Buch, das du gerade liest, hätte ich damals gerne gehabt. Ich schreibe es an mich selbst als 20-Jährigen, weil ich damals so vieles nicht wusste. Es hat zwei psychische Abstürze gebraucht, bis ich endlich angefangen habe, nach meinem Glück zu suchen und nicht dem hinterherzulaufen, was andere für erstrebenswert halten.

Ich weiß, du willst bestimmt trotzdem wissen, wie es ist, von null auf hundert bekannt zu sein und sich kaum noch ein Preisschild anschauen zu müssen. Dann ist das hier dein Kapitel. Ich hoffe, ich kann dir einen guten Einblick verschaffen und dich mit der Moral von der Geschicht' am Ende überraschen. Wow, hat sich das etwa gereimt? Vielleicht sollte ich als Nächstes einen Gedichtband schreiben. Spaaaß.

Der YouTube-Durchbruch (nicht mein eigener, sondern der Plattform) hat in Deutschland unglaubliche Möglichkeiten geschaffen. Ich denke nicht, dass es irgendetwas Vergleichbares gibt, das solche Verdienstmöglichkeiten für so junge Menschen bietet. Es gibt nicht wenige deutsche YouTuber, die monatlich sechsstellige Beträge verdienen und noch unter zwanzig Jahre alt sind. Gleichzeitig sind diese Menschen auch noch so bekannt, dass sie wirklich *jeder* aus der noch recht jungen Zielgruppe kennt. Meine Eltern sagen immer, dass sie das extrem an die Viva-Moderatoren der 90er Jahre erinnert. YouTuber sind *Stars.* Punkt. Jeder, der etwas anderes behauptet, kann mit dieser Aussage nicht umgehen. Eigentlich weiß das auch jeder, aber um nicht unsympathisch rüberzukommen, reden sich YouTuber auf ihren Kanälen immer selbst runter, weil sie sich vor ihren Abonnenten nicht so »abgehoben« präsentieren wollen.

»Einmal ein Star zu sein, wie schön wäre das.« So was und ähnliche Aussagen habe ich schon sehr häufig von meinen Mitmenschen gehört. Daraus schließe ich, dass sich viele Menschen ein Starleben à la Hollywood wünschen. Gerade bei meinen jungen Zuschauern fällt mir das immer wieder auf. Das Thema »Vergleichen« hatten wir ja schon. »Famesein« scheint einfach ein Lebenstraum von vielen, vielen Menschen zu sein.

Ich möchte dir jetzt mal ganz nüchtern und mit echtem, fundiertem Hintergrundwissen erzählen, wie das wirklich ist, bekannt zu sein. In der Einleitung habe ich ja schon von dem Moment erzählt, in dem ich zum ersten Mal erkannt wurde. Das war einfach krass und ist es heute noch. Wenn man immer noch derselbe Mensch ist wie vorher, aber auf einmal Leute für Selfies zu einem kommen, ist das schon ziemlich verrückt. In Clubs wird man besser behandelt, man ist immer Gesprächsthema bei seinen Freunden und öffentliche Auftritte in jeder Form sind Tagesgeschäft. Klingt für viele bestimmt wieder richtig geil. Und das ist es auch. Aber eben nur teilweise. Wie alles im Leben, ist auch das Gewöhnungssache.

Das ist wie der neue Audi R8 von deinem Nachbarn. Nach zwei Monaten ist es für ihn einfach sein normales Auto, während sich Fremde immer noch zu ihm umdrehen. Auf einmal entdeckt er sogar Schattenseiten. Das Benzin ist teuer und Parkplätze sind in der Stadt auch mit diesem Rennwagen eine Seltenheit. Dieses Phänomen gibt es auch beim Fame. Schattenseiten am Bekanntsein sieht man von außen überhaupt nicht, das kenne ich noch von früher. Mittlerweile kann ich dir aber so viele Dinge aufzählen, die daran einfach keinen Spaß machen.

Hier fällt mir eine kleine Geschichte ein, die das Ganze sehr gut deutlich macht und die ich auch noch nie erzählt habe. Vor ein paar Monaten habe ich meinen leiblichen Großvater erst zum zweiten Mal in meinem Leben getroffen. Das war vorher aus entfernungs- und familientechnischen Gründen nicht möglich gewesen. Wir saßen also zusammen mit meiner Mutter, meiner Freundin und der Frau meines Opas im Außenbereich eines Restaurants. Alles war gut, die Gespräche liefen super. Ist halt schon eine leicht angespannte Situation, ganz klar. So was kennt jeder. Was aber jetzt kommt, kennt bestimmt nicht jeder. Im Laufe des Gespräches habe ich gemerkt, dass auffällig viele Jugendliche immer wieder an unserem Tisch vorbeiliefen. So was konnte ich natürlich gar nicht gebrauchen in diesem Moment. Ich wusste, das sind Zuschauer. Meine Sensoren sind in dieser Hinsicht so gut geschult, dass ich Abonnenten in wenigen Sekunden als solche identifiziere, davon erzählen mir auch ganz viele YouTuber-Kollegen. Nicht falsch verstehen: Wenn ich Zuschauer treffe und sie mich nach einem Foto fragen, bin ich immer dabei. Ich habe wirklich noch nie »Nein« gesagt. Für ihre Unterstützung verdienen sie es, etwas zurückzubekommen. Aber wenn dieselben fünfzehn Jugendlichen zum vierten Mal kichernd und auf mich zeigend an uns vorbeilaufen, reagiere ich darauf äußerst allergisch. Das finde ich einfach respektlos. Nach dem Essen bin ich den Leuten begegnet und habe was gemacht? Ein Foto, mit jedem Einzelnen. Fünfzehn Mal. Ich war zwar etwas sauer, aber dachte mir, dass das schon nicht so schlimm sein könnte. Am selben Tag habe ich auf YouTube gesehen, dass diese Jugendlichen alles inklusive meines Opas, der damit nichts zu tun hat, gefilmt und hochgeladen hatten. So was Freches, ich habe mich echt aufgeregt in dem Moment. Letztendlich habe ich es aber akzeptiert, weil ich keinen Einfluss mehr darauf hatte. Du verstehst, was ich meine: In solchen Momenten ist es nicht cool, bekannt zu sein.

Ähnliche Dinge, in denen es wirklich unangenehm war, angesprochen zu werden, sind schon so oft passiert, ich könnte dir noch zwanzig Storys erzählen. Ach komm, weil du es bist: Eine Geschichte hab' ich noch auf Lager. Ich weiß nicht, ob du die Gamescom in Köln kennst? Das ist die größte Spielemesse Europas (oder der Welt, aber das behaupten sie alle). Du kannst dir vorstellen, dass dort zuschauermäßig immer die Hölle für YouTuber los ist, weil viele verschiedene Events dort stattfinden. Ich hatte 2016 einen Auftritt mit meiner Crew, die unter dem Namen »iMPacT« bekannt ist. Wir sind ein Zusammenschluss aus YouTuber-Freunden. Die gesamte Halle war voll und es waren über Tausend Leute auf wahnsinnig engem Raum. Nach diesem Auftritt haben uns Sicherheitsmänner aus der Halle geleitet. Allein dieser Satz zeigt schon, dass sogar solche Maßnahmen nötig sind, einen normalen Ablauf zu gewährleisten. HALLO, ICH BIN MARCEL. Ich will so was nicht brauchen, ich bin ein Mensch. Aber wir brauchten das, glaub mir. So viele Leute haben trotz Security an uns gerissen, gezerrt und geschrien, das war unvorstellbar unangenehm. Du verlierst bei so was voll den Überblick. Wegen so was saß ich nach einem Zuschauertreffen in Stuttgart im März 2014 in einem Polizeiwagen und wurde zum Hotel zwangseskortiert.

Sechs Monate später, in Wuppertal, war das sogar so krass, dass mir fünfhundert Abonnenten durch die Stadt gefolgt sind. Und ich bin nicht langsam gegangen, sondern angesichts der unübersichtlichen Situation durch die Einkaufsstraßen gesprintet. Der Boden war nass und ich war zum ersten Mal dort. Du kannst dir vorstellen, wie dieses Gesamtbild ausgesehen haben muss. Meine Reise hatte unter anderem einen Zwischenstopp in der Kellertoilette eines Gasthauses, wo der Besitzer mich aber direkt wieder rausgeschmissen hat – direkt in die Arme der Abonnenten. Es war wirklich wie im Film. Am Ende hat mich die legendäre Schwebebahn, aufgrund ihres kleinen Fassungsvermögens, gerettet. Die ganze Situation ist damals nur entstanden, weil ich spontan zum Fantreffen eines Kollegen mitgekommen war. Der hatte deutlich weniger Abonnenten und deshalb dachte ich, dass ich das schon einschätzen kann. Ich hatte ja schließlich aus Stuttgart gelernt. Denkste. Gar nichts hatte ich gelernt. Nach einigen Sekunden war mir klar, dass ich diese Situation nur im Vollsprint verlassen kann. Dass mir trotzdem Hunderte Leute folgten, empfinde ich noch heute als große Respektlosigkeit. An meiner Reaktion hätte man damals sehen müssen, dass ich das alles nicht wollte.

FAME IST NICHT GLEICH GLÜCK

Die Leute klingeln an deiner Tür, verschicken deine Handynummer, belästigen deine Eltern. Das sind alles Negativpunkte. Es ist natürlich trotzdem unglaublich schön, so viel Beachtung zu bekommen. Ich wollte dir damit einfach zeigen, dass es nicht nötig ist, danach zu streben. Die Waage aus positiv und negativ ist ziemlich ausgewogen, manchmal würde ich den Fame gerne abschalten können. Du brauchst das nicht, um glücklich zu sein, das will ich dir sagen. Dein Leben kann völlig perfekt und schön sein, wenn man einfach mit ein paar Freunden am Strand liegt. Bekannte Menschen denken genauso, nur dass dann vielleicht acht Paparazzi daneben stehen und Fotos machen. Fame ist nicht gleich Glück – es hat coole Momente, aber auch extreme Schattenseiten.

Bei Geld ist das ein bisschen anders, da bin ich ehrlich. Geld zu haben hat definitiv mehr Vor- als Nachteile. Wer was anderes sagt, will dich anlügen. Aber nur, weil es mehr Vorteile hat, bedeutet das nicht, dass es zum Glücklichsein ausreicht. Nur weil Bayern faktisch mehr Torschüsse hat als Madrid, müssen sie trotzdem nicht gewinnen.

Es ist auf jeden Fall ein gutes Gefühl zu wissen, dass man sicher über die Runden kommt und sich einige Luxusgüter gönnen kann. Das gibt einem Sicherheit und versteht mich hier bitte nicht falsch: Wir leben halt in einem System, in dem mit Geld bezahlt wird. Unser Geld *muss* reichen, uns zumindest existenziell abzusichern, daran führt kaum ein Weg vorbei. Außer man geht in so ein »Aussteigerleben«, welches man ohne Strom in einer Bambushütte im Wald verbringt und wo man sich selbst versorgt. Sonst brauchen wir Geld, um zu überleben, Punkt! Wir können hier wirklich froh sein, in einem Sozialstaat wie Deutschland zu leben. Natürlich gibt es auch hier schlimme Dinge wie Obdachlosigkeit und Armut. Aber im Gegensatz zu anderen Ländern überlegt man sich hier im Normalfall nicht, ob das Geld zum Essen oder Trinken ausreicht.

Was ich ansprechen möchte, ist dieses blinde Streben nach immer *mehr* Karriere und immer *mehr* Geld. Das Ziel liegt hier nämlich immer in der Zukunft und man ist nie zufrieden. Warum nicht? Wenn man erst mal genug Geld verdient, sich sein Essen, Trinken und einen Urlaub pro Jahr (ich höre so oft, dass das für viele als finanzielles Minimalziel gilt) leisten zu können, fangen die Luxusprobleme bei vielen Leuten an. Ich nehme mich da gar nicht raus, bei mir ist es ähnlich. Auch hier fangen wir wieder an, uns an Dinge zu gewöhnen.

Als ich zum ersten Mal über drei- oder viertausend Euro auf einmal auf mein Konto bekam, war ich sehr zufrieden. Es hat mich glücklich gemacht. Würde ich denselben Betrag jetzt bekommen, würde es für mich einen schlechten Monat bedeuten. Ist das so, weil ich das abgehobenste A*schl*ch aller Zeiten bin? Vielleicht. Ich denke aber eher, dass ich mich mit der Zeit an andere Beträge gewöhnt habe. Es ist dasselbe wie bei dem fiktiven Nachbarn mit dem geilen Sportwagen. Geld wird dir niemals völliges Glück schenken – es sei denn, es steigert sich für immer. Und selbst dann müssten alle anderen Faktoren, die dein Glück beeinflussen, immer perfekt sein, damit dich gar nichts runterziehen kann. Eine unmögliche Vorstellung, sind wir mal ehrlich. Und selbst die größten und erfolgreichsten Unternehmen der Welt fangen irgendwann an zu stagnieren. Dann beschweren sich die Konzernchefs, dass sie in diesem »schwachen« Jahr nur 2,2 Milliarden und keine 3,5 Milliarden verdient haben. Das beinhaltet die größte Schattenseite. Wenn nämlich dann was wegbricht von dem, an das wir uns gewöhnt haben, werden wir sogar als Milliardäre unglücklich darauf reagieren. Verrückte Welt.

Ich bin bei so was vielleicht auch komisch, keine Ahnung. Du fragst dich gerade vielleicht: »Mann, Marcel. Es geht doch nicht ums Geld, was einen glücklich macht, sondern um die Sachen, die man damit kaufen kann!« Klar, das stimmt. In meinen Augen sind das aber auch meist kurze Momente, die sich Leute mit Geld kaufen. Ich kenne Leute, die kaufen sich jedes neue Handy und dreimal im Jahr ein neues Auto. Das reicht mir als Beweis. Diese Leute sind dann mit 350 PS unzufrieden und wollen 500 PS, um dann endlich glücklich zu sein – für vier Monate, bis das nächste Auto her muss. Bei Reisen ist das vielleicht was anderes, aber auch da bin ich mir nicht sicher. Erlebnisse führen meiner Meinung nach viel direkter zum Glück als Gegenstände.

Die Hauptsache ist, dass man mit seinem Geld gut über die Runden kommt und immer etwas spart, damit keine Existenzangst entsteht. Das ist natürlich viel leichter gesagt als getan, weil manche Menschen echt nicht genug bekommen, um überhaupt etwas davon sparen zu können. Dinge wie Fame und Geld sind letztendlich nur Lebensumstände. Sie sind, wie alles, mal gut und mal schlecht. Und sie können dich ganz schön abhängig von ihnen machen. Ein erfolgreiches und glückliches Leben kannst du definitiv auch so führen. Es muss nicht immer mehr, mehr, mehr sein.

LEKTION
9

FLOW PHASEN

Wenn ich sagen müsste, was mich im Alltag wirklich am allerglücklichsten macht, wüsste ich sofort meine Antwort. Es sind diese kleinen geilen Phasen, in denen man einfach existiert ohne nachzudenken. Ich nenne sie »Flowphasen«, weil man, während man sie hat, auf einem Glücklichkeitsflow ist. Ich hab das Wort mal gelesen und fand es sehr passend. Das meiste Glück macht man sich nämlich im Kopf selbst kaputt, also ich zumindest. Man »zerdenkt« sich alles und ist so sehr mit Urteilen, Ego, der Vergangenheit und der Zukunft beschäftigt, dass man diese innere Stille verliert. Diese gute Stille. Die meisten erleben solche Phasen in ihren Hobbys. Für manche ist es Fußballspielen, für manche Games zocken, für manche Pullover stricken und für andere ist es Sex. Dafür gibt es circa noch Hundertmilliarden weitere Beispiele.

Kennst du dieses Gefühl, wenn du dauernd über ein und dasselbe Problem nachdenkst und es dich permanent runterzieht? Ich kenne das leider sehr gut. Das habe ich im Kapitel »Vergangen ist vergangen« bereits beschrieben. Wenn sich ein Problem erst mal im Kopf festgesetzt hat, dann wird man es nicht so einfach wieder los. Am schlimmsten ist das, wenn man es gar nicht aktiv beeinflussen kann. In meinem Kopf schwirrt manchmal das Thema »Tod« herum. Früher oder später beschäftigt das jeden Menschen. Bei diesem Thema kommt man zwangsläufig zu keinem Schluss, denn man kann nichts daran ändern, dass wir alle irgendwann sterben müssen. Das Gleiche gilt aber auch für viele andere Probleme, die einen belastet. Vielleicht ist es bei dir ein Konflikt mit deinen Eltern oder ein missglücktes Bewerbungsgespräch.

Wenn du das kennst, dann kennst du es bestimmt auch, wenn du etwas erledigst oder ein Gespräch führst und danach denkst: »Oha, ich habe währenddessen gar nicht an dieses Problem XY gedacht, weil ich andere Dinge im Kopf hatte.« *Boom*, Flowphase. In Flowphasen existiert man einfach, ohne alles infrage zu stellen oder zu fokussiert auf seine Probleme zu sein. Ich finde das unglaublich faszinierend. Erst vor ein paar Wochen hatte ich eine so krasse Flowphase, dass ich teilweise immer noch über sie nachdenke. Ich versuche es, sie aber nicht zu »zerdenken«, weil ich sonst gegen meine eigene erste Lektion verstoßen würde: Vergangen ist vergangen. Mein Ziel ist es aber dennoch, solche Phasen so häufig wie möglich wiederzuerlangen.

Es war ein ganz normaler Nachmittag und ich hatte meine neue Dartscheibe an die Wand genagelt. Du musst wissen, mein Kopf ist im Alltag extrem mit YouTube vollgestopft. Und das gilt im Moment sogar besonders, denn in den letzten Wochen versuche ich, mich auf einem meiner Kanäle komplett neu zu erfinden. Das erfordert mega viel Kraft. Ich stand also an meinem Dartboard und warf Pfeil um Pfeil, während etwas Musik lief. Das war fast wie in Trance. Ich habe dabei gar nicht gemerkt, wie die Zeit verging. Ich habe mindestens zwei Stunden nichts anderes gemacht, als meine drei Pfeile zu werfen, zum Board zu gehen, sie hinauszuziehen und diesen Vorgang unzählige Male zu wiederholen. Jetzt fragst du dich vielleicht, was denn so krass daran war. Ich sage es dir gerne. Währenddessen war meine gesamte Konzentration, mein gesamtes Denken auf diese eine Tätigkeit ausgerichtet. Es gab in dieser Welt keine Sorgen um

Zahlen und Statistiken mehr, was mit Sicherheit die YouTuber-Krankheit Nummer eins ist. Ich war komplett im Flow.

Es gibt nichts, was uns zufriedener macht, als völlig frei zu sein. In diesen Momenten sind wir alle gleich. Dann ist es auch egal, ob du alt oder jung, arm oder reich, dick oder dünn und so weiter bist. Solche Phasen lassen sich nur leider ziemlich schwer erzwingen. Wenn ich jetzt Darts in die Scheibe werfe, ist das immer noch sehr geil und macht Spaß. (Frag nicht, warum ich ausgerechnet auf Darts stehe, ist einfach so.) Aber ich bekomme nicht jedes Mal eine Flowphase. Deshalb glaube ich, dass man eine gewisse Abwechslung finden muss. Suche dir am besten erst mal ein paar Tätigkeiten, bei denen du schon mal eine Flowphase hattest. Ich spreche hier auf keinen Fall von abgefahrenen Sachen wie Fallschirmspringen oder so. Ich hatte heftige Flowphasen in einfachen Gesprächen mit Freunden. Das können wirklich ganz normale Sachen sein. Schreib dir das auf und mach diese Dinge so oft wie möglich.

Aber Vorsicht, das klappt nicht immer. Wenn es mal nicht klappt, dann mach dich aber nicht dafür verantwortlich. Wenn der Kopf mal wieder abdriftet, obwohl du zum Beispiel in der Stadt entspannt shoppen wolltest, dann ist das halt so. Geht mir ganz genauso. Deshalb ist mein Trick, diese Dinge abzuwechseln. Dieses Buch zu schreiben, bringt mir zum Beispiel so abnormal krasse Flowphasen, das ist echt der Wahnsinn. Teilweise tippe ich stundenlang, ohne eine Sekunde darüber nachzudenken, was ich schreibe. Es fließt einfach. Diese Passagen sind lustiger Weise auch die, mit denen ich am zufriedensten bin. Die lassen sich am besten lesen. Sobald ich diese Phasen verliere, höre ich direkt auf zu schreiben. Deshalb steckt viel mehr Zeit in diesem Buch, als die Seitenanzahl es vermuten lässt. Ich schreibe wirklich nur, wenn ich gerade »on fire« dafür bin.

Bis vor einiger Zeit habe ich Inlinehockey gespielt, auf der Position des Torhüters. Es gab Trainings, da konnte ich mich gar nicht von meinem Kopf befreien, sprich: da habe ich keine Flowphase erlebt. Rate mal, wie gut ich in diesen Trainings mein Tor leer gehalten habe: Genau, gar nicht. An guten Flowtagen dafür umso besser. Sobald du weißt, es läuft, läuft es auch. Oder es wird dir zumindest so vorkommen, was sowieso die Hauptsache ist. In Flowphasen denkt man einfach weniger, man ist auf das hier und jetzt fokussiert. Das wirkt sich, wie gesagt, nicht nur positiv auf deine Gefühle, sondern sogar auf deine Leistung aus.

Mein Flowphasenkiller Nummer eins ist im Übrigen zu wenig Schlaf. Das ist bei mir so unfassbar krass. Wenn ich eine Nacht wenig oder schlecht schlafe, bin ich am nächsten Tag viel angreifbarer für negative Gedanken als normalerweise. Ich hatte schon Videodrehs, bei denen ich vorher nur eine oder zwei Stunden im Hotel geschlafen hatte. An diesen Tagen war ich so unter Stress, ich habe mich selbst kaum ausgehalten. Als würde man der Negativität eine Tür öffnen. Die ersten Male, als das so war, habe ich noch keine Verbindung zu dem wenigen Schlaf gesehen. Ich dachte immer, dass ich einfach einen sehr schlechten Tag hatte. Seitdem mir klar geworden ist, dass wenig Schlaf meinen Flow so krass angreift, habe ich die Notbremse gezogen. Mir ist es auch egal, wenn meine Freunde noch unterwegs sein wollen, statt sich etwas Ruhe und Schlaf zu gönnen. Ich gehe direkt ins Bett, damit ich mindestens sechs oder sieben Stunden schlafen kann. Das ist bestimmt bei jedem anders. Ich rate dir einfach, immer viel zu schlafen, wenn was Wichtiges ansteht. Ganz ehrlich, ein normaler Schultag mit Freunden ist auch bei drei bis vier Stunden auszuhalten, wenn man es nicht zu oft macht. Aber gönne dir immer den Schlaf, den dein Körper verlangt. Dann ist die nächste Flowphase viel einfacher zu erreichen.

Wenn ich darüber spekulieren müsste, was bei fast jedem eine kleine Flowphase auslöst, würde mir spontan Vorfreude einfallen. Früher war Vorfreude das beste Gefühl, das ich kannte, zum Beispiel auf das Wochenende oder ein neues Playstationspiel. Ich habe quasi ausschließlich daraus Positivität in meinen Kopf geholt, wenn es mir sonst nicht gut ging. Wir legen in solchen Momenten unser Glück in die Zukunft, weil wir erwarten, dass es uns mit dieser Sache besser gehen wird. Deshalb freuen wir uns so darauf. Ich finde es wichtig, diese Vorfreude aktiv zu empfinden, solange es auf einem Level geschieht, sodass eine mögliche Enttäuschung uns nicht zu krass runterzieht. Sind wir mal ehrlich: Es ist ein sehr schönes Gefühl, wenn man auf ein Paket wartet und es, wenn man zu Hause ankommt, direkt auspackt, ohne Jacke oder Schuhe auszuziehen. Mir geht es aber oft so, dass ich die Vorfreude intensiver empfinde als die tatsächliche Freude über die Sache, wenn man sie dann hat. Deshalb finde ich es wichtig, nicht zu viele Erwartungen aufzufahren. Es besteht sonst die Gefahr, die Gegenwart im Kopf komplett zu verlassen und blind darauf zu hoffen, dass diese Sache, wegen der wir Vorfreude empfinden, uns garantiert glücklicher macht.

WER BEI MIR NEGATIVE GEFÜHLE AUSLÖST, FLIEGT RAUS

Ich muss dir was gestehen. Dieses Kapitel sollte eigentlich »Freundschaft ist wichtig« heißen. Das war mir dann aber doch nicht allgemein genug. Trotzdem möchte ich dir hier erzählen, warum es erst so hieß. Das Lustige ist, zwischen den letzten zwei Absätzen war ich zwei Tage weg vom Schreibtisch und bei einem Kollegen in Hamburg. Diese Zufälle immer, der Wahnsinn. Diese zwei Tage hätten mich fast dazu gebracht, das Kapitel doch »Freundschaft ist wichtig« zu nennen, haha. Ich würde Freundschaft aber durch sämtliche soziale Kontakte ersetzen, die uns zufriedener machen, wie zum Beispiel auch die Liebe zu unserem Partner und so weiter. An den zwei Tagen in Hamburg hatte ich zwar immer noch den Stress, Videos produzieren zu müssen, aber es hat sich alles viel leichter angefühlt. Mit Menschen, die einem wichtig sind, kann man die krassesten Flowphasen überhaupt erleben. Das geht bei mir aber echt nur mit sehr wenigen Menschen. Kennst du das, wenn du Freunde hast, in deren Gegenwart du aus irgendeinem Grund nicht zu hundert Prozent du selbst und zufrieden sein kannst? Mir würden da zumindest direkt ein paar in meinem Umkreis einfallen. Klingt hart, aber ist so. Ich habe wirklich angefangen, mich nicht mehr mit diesen Leuten zu treffen, nur, weil ich mich früher dazu verpflichtet gefühlt hätte. Wer bei mir häufig negative Gefühle auslöst, fliegt raus, ganz einfach. Natürlich nicht, wenn es jetzt nur eine Sache war, die durch Zufall vorgefallen ist. Du weißt sicher, was ich meine.

Es ist auch unglaublich, wie gut man sich fühlt, wenn man jemandem etwas schenkt. Das klingt komisch, aber jemandem etwas zu schenken, gibt uns selbst vielleicht sogar mehr als der beschenkten Person. Das sind mit die besten Flowphasen, die ich kenne. »Geben ist seliger denn Nehmen« ist ja ein altes Sprichwort und das nicht zu Unrecht. Dabei müssen das auf keinen Fall teure Geschenke sein. Es müssen sogar gar keine materiellen Geschenke sein, alleine Komplimente zu machen ist der Wahnsinn. Gerade bei Jungs ist es so, dass sie oft ausschließlich Mädchen nette Dinge sagen, damit sie vor den Freunden »cool« bleiben. Wenn du aber anders bist und deinen besten Kollegen/Kolleginnen einfach mal etwas Nettes sagst, löst du damit für beide sehr schöne Glücksgefühle aus. Das habe ich bereits im Kapitel über Offenheit beschrieben. Die Leute werden es dir zurückgeben, was wiederum erneut für etwas Positives sorgt.

Gute Dinge zu tun wird dich immer weiterbringen. Klar, »gut« ist für jeden etwas anderes. Für mich sind Dinge immer »gut«, wenn sie mir positive Gefühle schenken. Probiere Sachen aus, triff dich mit Leuten. Du wirst schnell herausfinden, was dich weiterbringt. Wenn du eine Flowphase hattest, dann erkenne das – aber erzwinge sie nicht zurück. Dabei kann zum Beispiel auch die Meditation helfen. Das möchte ich mir selbst in nächster Zeit zum Beispiel auch näherbringen, weil es einem helfen kann, etwas Ruhe zu finden und Gedanken runterzufahren. Ich habe das erst ein paar Mal gemacht und muss sagen, dass es mir immer eine kleine Flowphase geschenkt hat. Letztendlich haben wir alle unsere eigenen Wege, ein paar schöne Flowphasen zu erreichen. Wenn es aber mal nicht klappt, dann ist das nicht schlimm. Wir sind Menschen und keine Glücksroboter.

LEKTION
10

TRY
HARD

Vielen Dank, wenn du bis hierhin gelesen hast. Was mir das bedeutet, kannst du dir nicht vorstellen. Wir sind beim letzten Kapitel angekommen, dem Finale, das mir so wichtig ist, dass es sogar der Buchtitel wurde. Es geht um mein Lebensmotto. Bevor es hier aber richtig losgeht, sollten wir erst mal definieren, was »Try Hard« für mich überhaupt bedeutet. In Kontakt mit diesem Wort bin ich zum ersten Mal beim Playstationspielen gekommen. Meine Kollegen haben solche Gegenspieler, die sich krass anstrengen, um gut zu sein, als »Tryharder« bezeichnet. Das sind Leute, die im Spiel wirklich alles geben, die besten Gegenstände und Taktiken verwenden, um in einer Spielrunde möglichst gut abzuschließen. Sie tun quasi alles »in ihrer Macht« mögliche, um Erfolge zu erzielen. »In ihrer Macht« betone ich deswegen so, weil das eben nicht immer unbedingt die spielerisch besten Gegner waren. Aber man hat ihnen während des Spielens angemerkt, dass sie alles investiert haben, um trotzdem zu gewinnen.

Drei Mal darfst du raten, was jetzt kommt. Ich saß also da und habe dieses Wort gehört und es hat mich wie ein Blitz getroffen. »Alter, Marcel. Dieses Wort beschreibt genau dich.« Warum das so ist? Wie im einleitenden Teil dieses Buches beschrieben, war ich alles andere als besonders talentiert. In allem war ich maximal durchschnittlich, oft sogar deutlich schlechter. Kleines Beispiel: Während meine Freunde über einen Zaun klettern konnten, um schneller auf den Sportplatz zu gelangen, musste ich immer den langen Weg um den Zaun nehmen, weil ich es einfach nicht geschafft habe. Ich war dieser typische dicke Junge, der den anderen beim Spaß haben zuguckt.

ICH WUSSTE, DASS ICH ES SCHAFFEN WERDE

Aber auf einmal (und das war echt spät) kam der Moment, in dem ich erkannt habe, was ich kann: Menschen unterhalten. Sobald ich das wusste und die ersten Erfolge auf YouTube kamen, habe ich alles stehen und liegen lassen, um diesen Traum zu verfolgen. Und das, obwohl ich weder das beste Aussehen, noch die beste Stimme und sonstige Oberflächlichkeiten hatte. Was habe ich also gemacht (ohne den Begriff damals gekannt zu haben)? Ich habe, wie ich es eingedeutscht nenne, getryhardet. Mal wieder hatte ich also nicht die besten Voraussetzungen, aber einen Vorteil gegenüber meinen Mitstreitern: Ich wusste, dass ich es schaffen werde. Ich wusste, dass ich alles geben würde. Try Hard wurde zu meinem Lebensmotto.

Ich weiß, das klingt so krass nach einem Klischee und du sitzt bestimmt gerade da und denkst: »Genau, jetzt erzählt der Typ mir, dass ich alles schaffen kann, wenn ich daran glaube. Das habe ich schon zehntausend Mal gehört und ich kann das einfach nicht noch mal ertragen.« Die Frage ist, was es überhaupt bedeutet, etwas zu »schaffen« oder zu »erreichen«.

Wenn mir jemand sagt, er sei sicher, dass ich in einem Jahr Milliardär sein kann, wenn ich mich an seine Vorgaben halte, dann weiß ich, dass das Schwachsinn ist. Das ist eine Masche. So was kann kein Mensch versprechen. Wenn man aber ein klares, realistisches Ziel vor Augen hat und es intensiv auch so wahrnimmt, dann empfindet man den ganzen

Weg dahin als positiv. Wie ich schon im Kapitel »Geld und Fame« geschrieben habe, gewöhnt man sich mit der Zeit sowieso an alles. Ein Ziel zu erreichen bedeutet also zwangsläufig sowieso, dass man früher oder später das nächste anvisieren wird. Das heißt im Umkehrschluss, dass immer der Weg das Ziel sein sollte. Und uns auf den Weg zu machen, zu dem, was wir wollen, schaffen wir alle!

Als die ersten Erfolge da waren, aber mein Kanal noch superklein war, habe ich mich schon so krass in der Rolle des »erfolgreichen« YouTubers gesehen, das ist unbeschreiblich. Das ist kein Gelaber, ich hatte es wirklich vor Augen. Jede Anstrengung, die dadurch auf mich zukam, jedes private Treffen, das ich für ein Video absagen musste, war und ist für mich nicht schlimm. Ich wusste immer, für was ich es mache. Damit will ich dir sagen, dass du hundertprozentig mal den Moment erleben wirst, in dem du weißt, was du zu tun hast. Damit wird so ein Glaube an dich selbst kommen, dass du einfach try harden wirst, ganz automatisch.

Natürlich wirst du trotzdem auch mal kleine Downphasen haben, wir sind immerhin noch Menschen. Aber wenn du dein Ding gefunden hast, für das es sich lohnt, alles zu geben, dann wirst du niemals aufgeben. Und wenn *das* nicht geil ist, seine Bestimmung zu empfinden und alles dafür zu tun, dann weiß ich es nicht. Ich war jemand, der jedes Hobby mal begonnen und abgebrochen hat. Ich habe Kickboxen gemacht, Jiu-Jitsu angefangen, Keyboard und Geige gespielt, war oft auf dem Fußballplatz und so weiter. Nichts davon hat mich aber so krass »gecatcht«, dass ich es weiter machen musste. YouTube hingegen ist einfach meine Berufung. Es gehörte extrem viel Glück dazu, eine Million und mehr Abonnenten auf meinen Kanal zu ziehen, keine Frage. Aber, weil ich wirklich immer daran geglaubt habe, dass es klappt - weil ich »an mich« geglaubt habe -, war mir kein Weg zu schwierig. Ich wollte dieses Glück förmlich erzwingen - und das hat geklappt. Klar ist es nicht absehbar gewesen, dass es mit YouTube mal so gut laufen könnte - aber ich hätte es nie herausgefunden, wenn ich den Weg nicht gegangen wäre.

Wenn du also deine Berufung bereits gefunden hast: Herzlichen Glückwunsch, das ist megagut! Wenn du allerdings noch auf der Suche bist, dann setze dich nicht unter Druck. Ich musste auch erst ein duales Studium abbrechen und meine Familie überzeugen, bis ich meinen Traum gefunden habe. Um seinen Weg zu finden, muss man auch lernen, welche Wege die falschen sind.

Dabei ist »an sich glauben« eigentlich gar nicht die richtige Bezeichnung. Wenn es so weit ist, dass man sein Ding gefunden hat, dann ist es eher eine Art »wissen«. Man *weiß*, dass man etwas schaffen wird. Ich habe ja die Theorie, dass allein diese Sicherheit im Kopf schon Berge bewegt. Du wirst dich dadurch so präsentieren, dass auch andere Menschen beginnen, dich in deiner Wunschposition zu sehen. Alles wird ein Selbstläufer ab diesem Zeitpunkt. Klar, es gehört Arbeit dazu - aber es wird dir trotzdem leicht von der Hand gehen. Das muss nicht mal auf beruflicher Ebene sein. Vielleicht ist es auch einfach nur ein Hobby, für das dein Motto »Try Hard«

wird und für das du alles gibst. Mein Ziel ist es derzeit zum Beispiel auch nicht, ein reicher Mann zu werden. Geld ist sowieso vergänglich. Ich möchte einfach glücklich bleiben mit dem, was ich mache. Mein Ziel ist das Glück. Das hilft mir dabei, es nicht ausschließlich von YouTube oder anderen äußeren Einflüssen abhängig zu machen. Entsprechend setze ich auch meine Prioritäten und wäge immer ab: Kostet mich dieses oder jenes zu viel Glück? Das bedeutet auch, dass ich hin und wieder lukrative Deals absage, wenn sie einfach nicht richtig für mich sind.

Damit du mich nicht falsch verstehst: Ich will mich hier nicht als das perfekte Beispiel für jemanden präsentieren, der ohne jegliche Probleme *alles* erreicht, was er im Kopf hat. Ich bin zum Beispiel nicht wirklich zufrieden mit meinem Körper und denke oft, ich sollte öfter zum Sport gehen und gesünder essen. Aber allein an dieser Formulierung merkst du bestimmt, dass das nicht wirklich so klingt, als würde ich jetzt direkt meine Tasche packen und zum Fitnessstudio rennen. Und genauso empfinde ich es auch. Ich will mich nicht selbst anlügen: Derzeit bin ich mir halt sicher, dass ich es nicht sehr lange durchziehen würde. Natürlich sollte man sich selbst im Auge haben. Ich bin aber so ehrlich zu mir, um zu wissen, dass ich derzeit nicht alles geben würde, um einen besseren Körper zu bekommen. Ich würde hier nicht »Try Hard« mit allen Konsequenzen leben. Ich teste einfach hier und da, worauf ich diesbezüglich Lust habe. Während ich das schreibe, beginnt morgen zum Beispiel meine fünftägige Saftkur, die dazu dient, meinen Körper zu entgiften. Ich werde echt sehr try harden, das muss ich zumindest. Ich schaue damit einfach, wie weit ich gerade in dieser Thematik gehen möchte. Das klingt vielleicht komisch, aber ich warte auf den Moment, in dem ich einfach weiß, was zu tun ist. Du siehst also, dass auch ich Themen habe, bei denen ich mir nicht sicher bin, ob und wann ich sie komplett durchziehen möchte.

Was ich aber weiß, ist: Ich möchte dafür try harden, zufrieden und glücklich zu bleiben. Und solange mir YouTube auf diesem Weg hilft, werde ich genau so weitermachen. Wenn ich meine ultimative Bestimmung aber irgendwann darin sehe, im Supermarkt an der Kasse zu sitzen, dann werde ich das machen. Es ist die Kunst, immer das zu finden, was einen glücklich macht. Zurzeit kann ich stolz sagen, dass ich mein Ding gefunden habe, obwohl ich nicht in allem die besten Voraussetzungen hatte und es ein krasses Risiko war, auf dieses Pferd zu setzen. Also, was ist dein Traum? Was willst du mit deinem Leben anstellen? Wofür try hardest du?

EIN GROSSES DANKESCHÖN

Eigentlich sollte dieser letzte Abschnitt »das große Finale« heißen, das klingt cooler als das Wort »Schluss«. Dazu muss ich sagen, dass ich bei meinen Lieblingsserien die allerletzte Episode immer am besten von allen gefunden habe. Aber eigentlich ist dieses Kapitel vor allem ein großes Dankeschön. Ich genieße es sehr, es schreiben zu dürfen.

Diese Worte schreibe ich vier Monate nach der Einleitung. Wie du siehst, habe ich Wort gehalten. Ich habe dir keine achthundert Seiten auf den Tisch geklatscht, um dich mit stundenlangem Theoriegelaber zu beeindrucken. Ich habe dir einen sehr privaten Einblick in mein Leben und meine Denkweisen gegeben und dir dabei selbst überlassen, was du davon glauben und umsetzen willst. Sogar, wenn es am Ende nichts sein sollte, was du für dein Leben mitnehmen konntest, hoffe ich, dass ich dich zumindest unterhalten konnte.

Es ist schon krass, diese Worte zu schreiben. Das Buch, obwohl es nicht das umfangreichste ist, zu schreiben, während man drei YouTube-Kanäle führt und zwischenzeitlich einmal umgezogen ist, war nicht immer einfach. Trotzdem habe ich mich wirklich immer nur dann hingesetzt, wenn ich Bock hatte. Zwingen wollte ich mich nicht, da ich sonst mit dem Resultat niemals so zufrieden geworden wäre, wie ich es jetzt bin. Das war mein Herzensprojekt und ich danke dir so unglaublich, dass du es wirklich zu Ende gelesen hast. Du hast meinem ersten Buch eine Chance gegeben und mir damit einen großen Traum erfüllt. Ich habe keine Ahnung, wie oft es sich verkaufen wird, und das ist auch nicht so wichtig. Ich liebe es, dass ich mich an keinen Trend halten musste. Es war mein erstes Buch und ich habe zu keinem Zeitpunkt des Schreibens Druck empfunden. Mehr Glück kann man nicht haben.

Während ich geschrieben habe, ging es mir immer unglaublich gut. Falls ich dir auf deinem Weg Richtung Glück in irgendeiner noch so kleinen Form helfen konnte, dann habe ich meine Mission erfüllt. Es wäre mir eine Ehre, von dir zu hören und vielleicht in ein paar Jahren nochmal die Chance zu haben, dir von meinem eigenen Weg weiter zu berichten. Bis dahin findest du mich natürlich täglich auf YouTube, Facebook, Instagram, Twitter und sonst überall, wo man sich im Internet anmelden kann, haha. Die langen Danksagungen an Freunde und Familie lasse ich mal sein, dazu ist wann anders noch Zeit. Mir ist völlig klar, dass jede Stufe meines Lebens mich dazu geführt hat, diese Worte gerade in meine Tastatur zu tippen. Deshalb danke ich allem und jedem. Ich verabschiede mich so, wie ich es auf YouTube mache:

Hau rein, bis zum nächsten Mal. Tschüss.